건조주의보

이금이 동화집 · 양양 그림

밤티

차례

건조주의보

소리를 한껏 줄여 놓고 드라마를 보고 있던 엄마가 코를 훌쩍거리며 울기 시작했다. 그건 엄마가 드라마에 푹 빠져 있다는 증거이며 내가 마음 놓고 게임을 해도 된다는 뜻이기도 하다. 나는 드라마가 좀 더 슬퍼서 내가 엄마 휴대폰으로 게임을 하고 있다는 걸 까맣게 잊어버렸길 바랐다.

어찌나 아는 게 많은지 말싸움으로는 도저히 이길 수 없는 짝꿍 아윤이에 따르면, 어떤 나라에서는 해 질 무렵을 '개와 늑대의 시간'이라고 부른다고 한다. 어둑어둑해서 개인지 늑대인지 구분이 안 가기 때문이라나. 진짜인

지 꾸며 낸 이야기인지 알 수 없지만 내게도 분명하게 이름 지을 수 없는 그런 시간이 있다. 엄마는 드라마에 빠져 있고, 누나는 공부에 빠져 있고, 아빠는 술에 빠져 있는 밤 시간이 그렇다. 내 방에서 아무런 방해도 받지 않고 게임을 하지만 행복한 시간이라고 단정 지을 수는 없다. 언제 누가 끼어들어 불행한 시간으로 바꿀지 모르기 때문이다. 바로 지금처럼.

"엄마, 내 눈물 어딨어?"

열린 문틈 사이로 누나가 자기 방문을 박차고 나오는 게 보였다. 고등학교 2학년인 누나는 우리 집에서 가장 힘이 세다.

"엄마, 나 탕수육 먹고 싶어. 응? 탕수육, 응?"

"밥 많은데 무슨 탕수육이야."

내가 사흘을 졸라 대도 꿈쩍 안 하던 엄마가 누나의 "깐풍기 먹고 싶어."라는 한마디엔 바로 배달 어플을 연다. 술에 취해 소란스레 들어오던 아빠를 단번에 숨죽이게 만드는 것도 누나다. 집에서 가장 최신 컴퓨터를 가진 사람도 누나다.

"그, 글쎄. 네 방에 없어?"

엄마는 큰 잘못이라도 저지르고 있었던 것처럼 허둥지둥 말하며 TV를 껐다. 불똥이 튀기 전에 나도 얼른 게임을 끄고 엄마에게 휴대폰을 반납해야 하는데 손이, 아니, 마음이 말을 듣지 않는다.

"없으니까 찾지. 오늘 안 사 왔어? 다 떨어져 가니까 미리 사다 놓으랬잖아."

"아 참, 깜빡했네. 지금 약국 문 안 닫았으려나?"

"뭐야? 맨날 잊어 먹고. 인강 아직 세 시간은 더 봐야 하는데 눈이 뻑뻑해서 아프단 말이야."

누나의 목소리가 높아졌다. 자식 야단치듯이 엄마에게 호통을 칠 수 있는 것도 다 공부를 잘해서다.

누나는 안구 건조증에 걸렸다. 컴퓨터 때문이라는데 게임이 아니라 공부를 너무 많이 해서란다. 누나는 학원이나 과외 대신 공짜거나 값싼 인터넷 강의를 듣는 것만으로 전교에서 최상위권에 드는 효녀, 아니, 괴물이다. 성능 좋은 컴퓨터로 공부만 할 수 있다니.

방과 후 수업과 학원 두 군데로도 모자라 학습지까지 하고도 공부를 못하는 나는 누나에 비하면 불효자임이 틀림없다. 나는 솔직히 누나가 비싼 과외도 하고 학원에도 다녀서 우리 집 돈을 바닥냈으면 좋겠다. 그러면 아직 초등학생인 나는 학원에 다니지 않아도 될 테고 공부를 못해도 그 탓이라고 우기면 된다.

누나의 목표는 서울 대학교에 합격해서 사교육 안 받고 공부 잘한 비결을 책으로 쓰는 거다. 그 책에, 집에서 공부한다고 온 식구를 괴롭힌 것도 쓸지 정말 궁금하다.

"그것도 하나 안 사다 놓고 도대체 엄마는 집에서 뭐 한 거야?"

이크, 이제는 정말 게임을 그만둬야 할 때다. 집에서 뭐 한 거냐는 말은 엄마가 가장 싫어하는 말이다. 막 로그 아웃을 하려는데 한발 늦었다.

"차건우, 너, 누가 지금까지 게임하랬어?"

엄마가 내 방문을 활짝 열며 소리쳤다. 조금 전 누나 목소리보다 더 크게. 지금 엄마는 누나한테 쏘고 싶은 화살을 내게로 날리는 거다. 아빠는 돈 벌어 오니까 참고, 누나는 공부 잘하니까 참아 주는데 아무것도 잘하는 게 없는 나한테는 참는 법이 없다. 오히려 아빠와 누나에게 참은 것까지 합쳐서 분풀이를 하는 것 같다.

"막 그만하려고 했단 말이야. 맨날 나한테만 뭐라 그래."

나는 엄마에게 휴대폰을 건네며 투덜거렸다.

"너, 누나 인공 눈물 못 봤어?"

엄마는 마치 내가 인공 눈물을 빼돌리기라도 한 것처럼 다그쳤다. 나는 물을 마시러 주방으로 가며 말했다.

"못 봤어. 근데 엄마, 엄마는 맨날 드라마 보면서 우니까 그 눈물 받아 놨다가 누나 주면 안 돼?"

진심으로 누나를 놀리거나 화나게 하려고 한 말이 아니었다. 걸핏하면 드라마 보고 우는 엄마 눈물을, 눈물이 안 나와 고생하는 딸에게 주면 좋을 것 같아 말한 거다. 그런데 누나가 달려와 내 뒤통수를 딱 소리 나게 때렸다. 만화에서처럼 정말로 눈앞에 별이 보였다.

"왜 때려, 씨."

"이게, 사람 짜증 나 죽겠는데 약 올리고 있어."

"약 올린 거 아니야. 내 말 맞잖아. 가족끼리 신장이나 간도 나눠 주잖아."

나는 억울해서 엄마 쪽을 바라보았다.

"말로 하지, 왜 애를……."

나무라던 엄마는 누나 눈치를 힐끗 보곤 내게로 화살을 돌렸다.

"말도 안 되는 소리 하지 말고 얼른 씻고 자. 도대체 지금 몇 신데 안 자고 있는 거야?"

몇 시긴. 누나가 공부하고 있었으면 엄마도 드라마 보느라 내가 뭘 하든지 관심도 없었을 시간이다.

하지만 나는 잠자코 화장실로 갔다. 누나처럼 하고 싶은 말을 다 하고 싶지만 마음속에 있는 생각을 제대로 꺼내 놓을 자신이 없다. 괜히 버벅거리다 말도 제대로 못한다고 더 혼나기 십상이다. 대신 물을 마구 튀겨 가면서 세수를 했다. 그런데도 억울함이 풀리질 않았다. 원인은 누나의 못돼 먹은 성격이나 엄마의 건망증 때문인데, 결과적으로는 온갖 눈치 봐 가면서 게임 조금 한 것밖에 없는 내 잘못이 되었다. 한두 번이 아니다. 아윤이라면 이럴 때 하고 싶은 말을 야무지게 다 하겠지.

나는 거울에 비친, 물이 흘러내리는 내 얼굴을 바라보

았다. 작년에 돌아가신 할아버지 생각이 절로 났다. 할아버지는 세상에서 나를 제일 예뻐하셨다. 손자를 바라는 할아버지가 아니었으면 나는 세상에 없었을지도 모른다. 엄마 아빠는 분명히 누나 같은 딸 하나로 만족했을 테니까.

나는 누나가 초등학교 1학년일 때 태어났다. 7년 만에 손자가 태어나자 할아버지는 경로당 친구들에게 한턱 쏘았고 딸 하나로 충분하다던 아빠도 입이 귀에 걸렸다. 할아버지의 손자 타령이 불만이었던 엄마까지도 행복하게 만들었으니 그런 복덩이가 없었다. 나는 할머니한테 내가 태어났을 때 이야기를 듣는 게 좋다. 특별해지는 기분이 들기 때문이다.

같은 아파트 단지에 살던 할머니는 할아버지가 돌아가신 뒤 막내 고모네 동네로 이사를 갔다. 직장에 다니는 고모 대신 사촌 동생을 돌봐 주기 위해서다. 할아버지와 할머니가 살던 212동 앞을 지날 때면 행복했던 기억이 통째로 지워진 듯 허전한 기분이 들곤 했다.

누나가 공부를 잘하게 된 것도 따지고 보면 내 덕이다. 나의 탄생에 갑자기 조연으로 밀려난 누나는 가족의 관심과 사랑을 되찾기 위해 악착같이 공부했다. 내가 태어

날 때 받았던 관심과 사랑을 마르지 않는 샘물로 착각하고 제멋대로 크는 사이, 누나는 집안을 빛낼 재목으로 쑥쑥 자랐다.

누나의 성적이 엄마 아빠 기를 살려 주고 살맛 나게 해 준다는 건 인정한다. 나도 아이들한테 공부 잘하는 누나를 자랑할 때면 어깨가 쫘악 펴지는 기분이 드니까. 어깨를 다 펴기도 전에 "근데 너는 왜 못하냐?"라는 말에 기분이 잡치곤 하지만 말이다.

"차건우, 안 나오고 뭐 해?"

엄마 목소리가 화장실 문을 뚫고 들려왔다.

"나간다고."

나는 수건으로 얼굴을 닦고는 거실로 나갔다. 누나는 인공 눈물을 찾는다는 핑계로 집 안을 잔뜩 어질러 놓았다. 내가 그랬으면 크게 야단맞을 일이지만 누나는 끄떡없다. 새삼스레 화가 치밀어 눈물이 나오려는 걸 꾹 참았다. 억울하고 슬퍼도 눈물 안 나오게 안구 건조증은 내가 걸리고 싶다.

그런데 아빠와 엄마도 건조증에 걸렸다. 아빠는 온몸이 가려운 피부 건조증, 엄마는 입안이 바짝바짝 마르는 구강 건조증.

"엄마, 나는 왜 아무 건조증에도 안 걸려?"

한 가족인데 나만 괜찮으니 이상했다.

"네가 뭐 하는 게 있다고 걸려?"

엄마가 어이없다는 듯이 코웃음을 쳤다. 누나와 엄마 아빠가 건조증에 걸린 건 스트레스받아 가며 열심히 살아서 라고 했다. 그럼 아침 부터 밤까지 학교와 방과 후 수업, 학원과 학습지를 뺑뺑이 판처럼 도는 나는 열심히 살지 않았다는 말인가. 시험이나 숙제 때문에 스트레스받는 걸로 치면 나도 엄마 아빠나 누나 못지않다. 단지 결과가 신통치 않을 뿐이다.

가뜩이나 사는 게 힘든데 요새는 아윤이까지 나를 괴롭힌다. 아윤이와는 유치원 때서부터 알고 지낸 사이다. 엄마들끼리 친해서인지 아윤이는 우리 엄마나 누나라도 되는 것처럼 내게 잔소리를 해 댄다.

아침에 학교에 가면 보자마자 "너 숙제해 왔어? 안 했으면 얼른 내 거 베껴." 하고 자기 공책을 내민다. 안 한 적도 있기 때문에 그 정도 잔소리는 고맙게 받아들일 수 있다. 하지만 거기에서 끝낼 아윤이가 아니다.

"영어 다 외웠어? 이따 시험 본댔잖아."

"외웠다고."

"내가 베키 할게. 네가 엄마 해 봐. 왓 타임 이즈 잇 나우?"

몇 시냐고 묻는 것쯤은 나도 안다. 대답도 할 수 있다. 다만 아윤이 앞에서 영어로 말하기가 창피할 뿐이다.

"와 라임 이즈 인 나우?"

아윤이가 올리브유를 바른 것처럼 매끄러운 발음으로 다시 문자 대답하기가 더 멋쩍어졌다.

"아, 됐다고. 나도 다 안다고."

그래, 이 정도까지도 봐줄 수 있다. 하지만 쉬는 시간까지 참견하는 건 참을 수가 없다.

"차건우, 너 필기 안 하고 어디 가?"

밀린 필기야 나중에 하면 되지만 한번 못 한 축구는 영원히 할 수 없다.

"뭔 상관?"

"선생님이 언제 공책 검사할지 모른다고 했잖아. 미루지 말고 얼른 지금 해."

아윤이가 내 옷자락을 움켜잡았다.

"놔. 축구하러 갈 거라고."

단지 옷자락을 빼느라 팔을 휘둘렀을 뿐인데 아윤이가 비명을 지르며 얼굴을 감싸 쥐었다. 아윤이 소리에 쫓아온 지우가 코피가 난다며 호들갑을 떨었다. 그 순간 아윤이 오빠인 윤제 형이 떠올랐다. 6학년이 오늘 수학여행을 떠난 게 천만다행이다. 일부러 그런 건 아니지만 나

때문에 다쳤으니 사과를 해야 한다. 우물쭈물하는 사이 여자애들이 아윤이 주위로 모여들었다. 아윤이가 마치 중환자라도 된 것처럼 난리를 치던 민서가 내게 톡 쏘아붙였다.

"차건우, 넌 무슨 애가 사람을 때리냐?"

억울한 소리를 듣자 사과할 마음이 없어져 버렸다.

"아, 씨. 때린 거 아니라고. 아윤이가 먼저 붙잡았다고."

저녁때면 아윤이네 빵집 단골손님인 엄마도 내가 아윤이를 때린 걸로 알게 될 거다. 엄마는 내 말보다는 남의 말을 더 잘 믿으니까.

"아윤이한테 사과 안 해?"

이번엔 은수가 나를 노려보았다.

그때 축구공을 옆구리에 낀 현우와 준하가 교실 뒷문에서 소리쳤다.

"건우야, 빨랑 안 오고 뭐 해!"

나는 골치 아픈 건 나중에 생각하기로 하고 애들한테 뛰어갔다.

학원 차에서 내려 아파트 상가 앞을 지나가는데 아윤

이가 자기네 빵집에서 툭 튀어나왔다. 뜨끔해진 나는 얼른 빵집 안을 훔쳐보았다. 혹시라도 아윤이네 엄마가 혼내려고 쫓아 나올까 봐 겁이 났다.

"차건우, 너 숙제했어?"

아윤이가 물었다.

"이제 집에 가는데 숙제할 시간이 어딨냐?"

아윤이가 자기는 벌써 숙제 다 했다고 잘난 척하는 것 같아 얄미웠다.

"그럼 우리 집에 가서 같이 숙제할래?"

학교에서 잔소리하는 것으로도 모자라 자기네 집까지 끌고 가려고 하다니. 엄마랑 누나를 합친 것만큼이나 피곤한 아이다.

"내가 왜 너네 집에 가서 숙제를 하냐?"

"오빠도 없고 집에 혼자 있기 싫어서 그래. 그리고 나, 너 땜에 코피 난 거 우리 엄마한테 말 안 했다."

크게 봐주는 것처럼 소리를 낮추는 게 더 기분 나빴다.

"네가 먼저 붙잡아서 그런 거잖아."

나는 버럭 소리 지르다 아윤이 엄마가 듣는 건 아닌가 싶어 어깨가 움츠러들었다.

"건우야, 우리 같이 피자빵 먹고 숙제하고 게임도 하
자. 우리 오빠가 게임기 두고 갔거든."

아윤이는 내 기분을 모르는 척 비닐봉지를 들어 보였
다. 아윤이 아빠의 빵 맛은 동네에서 유명하다. 특히 피
자빵은 내가 가장 좋아하는 거다. 나도 모르게 침이 꼴깍
넘어갔다. 빵 냄새 때문인지 게임기 때문인지 잘 모르겠
다. 나는 자석을 쫓아가는 쇳가루처럼 아윤이 뒤를 따라
갔다.

"차건우, 너네 엄마 걱정하시니까 얼른 전화부터 해."

집에 들어서자마자 아윤이는 내 휴대폰을 가리켰다.
나는 엄마에게 전화를 했다.

"엄마, 나 아윤이네 집인데 여기서 숙제하고 갈게. 저

녁은 피자빵 먹을 거야."

엄마가 당장 오라고 할까 봐 게임도 할 거라는 말은 쏙
뺐다.

"그래? 잘됐네. 누나가 조개구이 먹고 싶다고 해서 아
빠 오시면 가려고 하는데. 너는 조개구이 싫어하잖아."

그건 그렇다. 맛도 없는 조개구이를 먹으러 가느니 내
가 좋아하는 빵을 먹고 게임이나 실컷 하는 게 낫다. 그런
데 반가워하는 엄마 목소리를 들으니 슬그머니 서운해졌
다. 건조증 걸린 세 식구가 알콩달콩 조개 구워 먹는 모습
을 상상하자, 나만 혼자 가족 밖으로 밀려난 기분이었다.
나도 내가 힘들다는 걸 드러낼 수 있게, 아니, 나도 한 가
족임을 인정받을 수 있게 아무 거라도 좋으니 건조증에

걸리고 싶다.

"나도 갈까?"

나는 슬쩍 물었다. 엄마가 가자고 하면 피자빵은 물론 게임도 포기하고 맛없는 조개구이를 먹으러 갈 거다.

"맛없다고 내내 투덜거리려고? 그냥 거기서 빵 먹고 아윤이랑 같이 숙제해. 너 꼭 숙제부터 해야 돼."

엄마는 내가 따라갈까 봐 겁이라도 난다는 듯이 얼른 전화를 끊었다. 나는 끊긴 휴대폰을 잠시 들여다보았다.

나도 뭐, 게임할 거니까. 그러자 마음이 급해졌다.

"게임기 어딨냐?"

"빵 먹고, 숙제부터 한 다음에 해야지. 어서 손 씻고 와."

아윤이가 엄마처럼 말했다. 손을 씻고 나오니 아윤이가 주스를 따르고 있었다.

"집이 너무 건조한 것 같지?"

가습기를 켠 아윤이가 식탁에 앉았다. 우리는 빵을 먹기 시작했다. 가습기에서 나온 하얀 김이 사방에 퍼졌다. 집도 건조증에 걸리는데……. 씁쓸했다.

사람 마음도 모르고 아윤이는 귀찮게 자꾸 이상한 걸 물었다. 자기 코피 날 때 기분이 어땠냐느니, 은수랑 자기

중에 누가 더 예쁘냐느니, 유치원 때 내가 자기랑 결혼한다고 했던 거 생각나냐느니…….

"아, 몰라. 빨리 숙제하자."

흘러가는 시곗바늘이 게임할 시간을 잡아먹고 있었다.

우리는 숙제를 했다. 나보다 먼저 숙제를 끝낸 아윤이는 예습도 하고 동화책도 읽었다. 아윤이는 지켜보는 엄마가 없는데도 자기 할 일을 알아서 척척 했다. 누나가 어렸을 때 그랬을 것 같다. 나도 그런 아들이 되고 싶다. 그런데 나는 해야 할 일이 있어도 늘 하고 싶은 일에 지고 만다.

드디어 숙제를 마쳤다. 아윤이가 내게 게임기를 주었다. 나는 뛰는 가슴으로 소파에 앉았다. 윤제 형 게임기엔 전부터 해 보고 싶었던 총 쏘기 게임이 있었다. 흥분해서 시작했지만 총알이 잘 맞지 않았다. 그래서인지 엄마 휴대폰으로 눈치 보며 게임을 할 때처럼 재밌지가 않았다. 그리고 자꾸만 엄마, 아빠, 누나가 차건우라는 아들, 동생이 있다는 걸 잊은 채 즐겁게 조개구이를 먹는 모습이 떠올랐다.

나는 계속 총을 쏘았다. 차츰 익숙해지면서 적을 쓰러뜨리는 횟수가 늘어났다. 내 옆에 앉은 아윤이가 물었다.

"너, 왜 우리 집에 온 거야?"

"네가 오라고 했잖아. 안 오면 코피 난 거 이른다고."

적이 나타났다. 나는 또 명중시켰다. 식구들은 한창 조개구이를 먹고 있겠지.

"그게 다야?"

"게임 시켜 준다고 해서 온 것도 있어."

아윤이가 코피 낸 거 이른다고 협박했어도, 게임 시켜 준다고 꼬셨어도, 조개구이가 싫어도 식구들을 따라갈 걸 그랬다. 나는 연달아 적을 무찔렀다.

"어떻게 그렇게 사람을 막 죽이냐? 넌 사람 죽이는 게 아무렇지도 않아?"

아윤이 말투가 갑자기 시비조가 되었다.

"뭐 어때. 진짜 사람도 아닌데."

나는 버튼을 눌러 댔다. 셋이서 맛나게 조개를 구워 먹으며 내 흉을 보고 있는 건 아닐까. 어쩌면 나 같은 애 괜히 낳았다고 후회할지도 모른다. 그 생각을 하자 갑자기 코끝이 매워졌다. 흥, 그러라지. 그럼 나는 집을 떠나 총

잡이로 살 거다. 세상을 떠돌다 누군가의 총에 맞고 황야에서 쓸쓸하게 죽어 가겠지. 엄마 아빠도, 누나도 그때 가서 날 끌어안고 울고불고해 봐야 소용없다. 나는 버튼을 빠르게 움직였다. 사람들이 피를 튀기며 쓰러졌다. 그래도 황야에 혼자 남은 듯한 허전함은 가시지 않았다.

"쳇, 넌 마음이 너무 메말랐어."

아윤이가 말했다.

"뭐래."

나는 아윤이 말을 흘려들으며 총질을 해 댔다.

"넌 마음이 너무 건, 조, 하다고."

아윤이가 내 귀에 대고 또박또박 말했다. '건조'라는 단어가 귀에 꽂혔다. 손놀림이 저절로 멈추었다.

"건조? 너, 지금 나한테 건조라고 했냐?"

나는 몸을 돌려 아윤이에게 확인했다.

"사람도 막 죽이고. 마음이 건조한 거 맞잖아. 남의 마음도 모르고……."

아윤이가 샐쭉한 얼굴로 말했다.

"아싸!"

나는 소리치며 벌떡 일어났다. 아윤이가 어리둥절한

표정으로 나를 바라보았다.

"고마워, 아윤아. 나 건조증 걸린 거 알려 줘서 고마워!"

나는 좋아서 펄쩍펄쩍 뛰었다. 나도 이제 당당한 건조 가족의 한 사람이 되었다. 누나는 안구 건조증, 아빠는 피부 건조증, 엄마는 구강 건조증 그리고 나는 마음 건조증!

그런데 아윤이 얼굴이 빨개졌다. 나도 모르게 아윤이 손을 잡고 있었던 거다. 깜짝 놀라 손을 놓는데 가슴이 뛰었다.

'건조증 걸린 게 좋아서 그래.'

가습기에서 피어오른 하얀 김이 눈치 없이 마음속으로 밀려들었다.

닮은꼴 모녀

학습지 방문 교사인 엄마는 내가 초등학교 선생님이
되기를 바란다. 퇴근 시간 빠르고 방학이 있어서 다른 직
업보다 편하고 안정적이기 때문이란다. 하지만 나는 코
미디언이 되고 싶다. 모르긴 몰라도 코미디언 시험은 교
육 대학교 시험보다 훨씬 경쟁률이 높을 거다. 공부를 10
분 하면 웃기는 연습은 몇 배를 더 해야 한다는 얘기다.

나는 학원 대신 집에서 엄마랑 공부를 하는데 엄마 선
생님은 학교 선생님이나 학원 선생님보다 무섭다. 숙제
도 많이 내고 사정없이 자존심도 긁곤 한다.

"하민지, 4학년이 이걸 모르면 어떡해? 너, 돌머리야? 왜

몇 번을 설명해 줬는데도 틀리는 거야! 아이고, 답답해!"

예전엔 내 머리통을 쥐어박던 엄마가 요새는 다행히 자기 가슴을 쾅쾅 친다.

누가 뭐라고 하건, 나는 문제 하나 맞히는 것보다 아이들을 한 번 더 웃게 하는 게 훨씬 기분이 좋다. 그런데 처음으로 웃기기보다는 예쁘게 보이고 싶은 아이가 생겼다. 한 달 전에 전학 온 박영민이다. 영민이는 박사님처럼 똑똑한데도 겸손하고 친절하다. 그 애와 특별한 사이가 되고 싶지만 그 일도 경쟁률이 높은 건 마찬가지다. 영민이에게 관심을 보이는 아이들 중 가장 강력한 경쟁자는 공유나다. 유나는 예쁘고 공부도 잘해서 인기가 많다.

나는 코미디언 흉내 때문이 아니라 내 모습을 제대로 보기 위해 처음으로 거울 앞에 섰다. 그동안은 개성 있는 내 얼굴에 만족했는데 지금은 아니다. 눈 코 입, 마음에 드는 구석이 하나도 없다. 특히 아빠를 닮은 부스스한 곱슬머리가 가장 거슬렸다. 나도 유나처럼 매직 파마를 하고 싶다. 유나가 뛰어갈 때면 긴 생머리가 나풀거렸다. 아빠가 엄마한테 첫눈에 반한 것도 찰랑찰랑 윤기가 흐르는 긴 머리 때문이었다나. 엄마는 외모가 아니라 자기

성격 때문이라고 우기지만. 어쨌든 처음으로 엄마한테 닮고 싶은 게 생겼다.

엄마는 파마를 하고 싶다는 내 말을 단박에 무시했다. 첫째는 파마값이 비싸서이고, 둘째는 머릿결이 상한다는 이유에서였다. 엄마는 내가 엄마 말을 안 듣는 청개구리라고 하는데 엄마도 내 말을 안 듣기는 마찬가지다. 계속 졸라 대자 엄마는 치사하게 한 달 뒤에 볼 영어 경시대회 성적을 걸었다. 80점이 넘으면 매직 파마를 해 주겠다고 했다. 대신 그 아래로 떨어지면 머리카락을 아예 짧게 자르라고 했다. 아침마다 머리 묶어 주기 힘들다는 게 첫 번째 이유였고, 두 번째는 내가 머리를 자주 감지 않기 때문이라고 했다.

"콜!"

나는 엄마의 제안을 받아들였다. 사실 내가 공부를 못하는 건 안 해서이지 머리가 나빠서는 절대 아니다. 그 사실을 증명하기 위해 열심히 공부를 했건만 아깝게도 78점을 맞았다. 파마는커녕 2점 때문에 머리가 잘리게 생긴 거다. 한다면 하는 엄마가 봐줄 리 없다. 미용실엔 토요일에 가기로 했다. 이 얼굴에 머리카락까지 짧으면……

길 가다 건물 유리에 비친 내 모습을 보면 한숨이 나왔다.

시간도 봐주지 않고 흘러 토요일이 되었다. 그런데 엄마가 뜻밖의 말을 했다.

"80점 못 넘었으니까 약속대로 머리 잘라야 하지만 한 번만 봐줄게."

"정말? 엄마, 최고! 최고! 알라뷰!"

와락 끌어안는 나를 떼어 내며 엄마가 말했다.

"아직 엄마 말 다 안 끝났어. 대신 조건이 있어. 수학 경시대회에서 80점 못 넘으면 진짜 자르는 걸로."

영어보다 수학을 훨씬 더 싫어하고 못하는 나는 어이가 없었다.

"뭐? 그게 뭐가 봐주는 거야? 치사하게 머리 미끼로 공부시키려는 거잖아."

"그래서 성적 오르면 좋잖아. 영어 점수도 그래서 오른 거 아냐?"

속셈을 들킨 엄마는 순순히 자백했다. 얼핏 엄마도 내 머리가 짧아지는 걸 바라지 않는다는 생각이 들었다. 엄마는 그동안 말은 귀찮다고 하면서도 내 머리를 날마다 다른 모양으로 묶어 주곤 했다. 아침마다 머리를 묶을 때

거울에 비친 우리 모녀 중 더 즐거워 보이는 쪽은 분명히 엄마였다. 나는 세게 나가기로 했다.

"싫어. 그냥 자를 거야."

베트남으로 가족여행을 갔을 때 엄마는 쇼핑을 할 때마다 상인이 부른 값에서 반을 깎았다. 처음엔 절대 안 된다고 하다가도 안 산다고 하면 결국 값을 깎아 주었다.

"75점."

"싫어, 그냥 자른다니까."

나는 엄마와 함께 집을 나섰다. 이제라도 엄마 제안을 받아들일까. 70점까지 내려갔을 때 못 이기는 척할걸. 슬며시 후회가 몰려왔다. 하지만 70점도 못 맞아서 머리를 자르게 되면 더 자존심이 상할 것 같았다.

미용실 앞에 다다르자 엄마가 멈춰 서며 말했다.

"네가 자른다고 했으니까 나중에 딴소리하기 없기다."

나는 대답 대신 보란 듯이 미용실 문을 열었다. 문에 달린 종이 쩅그랑하고 울렸다.

문득 불길한 예감이 들었다. 내가 유나를 이길 수 있을까? 짧은 머리가 된 내 모습을 떠올리자 이미 승부가 결정 난 듯 한숨이 나왔다.

엄마는 미용사 아줌마에게 내 머리카락을 짧게 잘라 달라고 했다. 아줌마와 눈이 마주쳤을 때 나는 영혼을 끌어모아 텔레파시를 보냈다.

"이 고객님은 짧은 머리가 너어무 안 어울릴 것 같은데요. 찰랑거리는 매직 파마를 하면 정말 예쁘겠어요."라고 말해 달라고. 하지만 미용사 아줌마는 요즘은 커트 머리가 대세라며 짧은 헤어스타일만 모아 놓은 책을 엄마 앞에 펼쳐 보였다.

다른 선택권이 없는 나는 책 안에서 걸 그룹 샬랄라 멤버인 미효의 머리를 골랐다. 남자애들에게 인기가 많았기 때문이다. 좋아하는 이유가 헤어스타일이 아닌 얼굴 때문이라는 건 굳이 생각하고 싶지 않았다.

거울 앞 의자에 앉자 아줌마가 내 목에 가운을 둘렀다. 나는 머리카락이 잘려 나가는 모습을 보고 싶지 않아 눈을 감았다. 사각사각 가위질이 시작되었다. 내 모습도 어쩌면 미효처럼 상큼하고 귀여워지지 않을까? 기대감이 슬그머니 피어나기 시작했다. 내 주위로 남자애들이 몰

러드는 광경이 떠올랐다. 물론 그
아이들 속에는 영민이도 있었다.

허전해진 목덜미에서 머리카
락을 털어 낼 때까지도 나는 눈을
감은 채 상상을 즐겼다.

"보이시해 보이는 게 귀엽네."

엄마 목소리에 나는 한껏
기대하며 눈을 떴다. 하지
만 내 앞에는 미소년처럼
상큼해 보이는 여자애가
아니라 그냥 남자 같은
애가 있을 뿐이었다. 나는 울고
싶어졌다.

"그렇죠? 살짝 부분 염색을
하면 더 예쁠 것 같은데."

머리의 주인인 나는 내 헤어스타일이
코딱지만큼도 마음에 안 드는데 엄마와 미용사
아줌마는 자기들끼리 만족스러워했다.

미용실을 나온 나는 입을 꾹 다문 채 발을 쿵쿵 구르며 걷기 시작했다.

"염색해 줄까?"

엄마 말에 더 화가 났다. 전에는 머릿결 상하고 돈 든다며 반대하더니 지금 염색해 준다고 하는 건 짧은 머리가 그만큼 이상하다는 뜻이다.

"그러게 엄마 말대로 했으면 머리 안 잘라도 됐잖아. 봐준다는데도 애가 누굴 닮아서 황소고집이야."

"뭐가 봐주는 거야! 70점 못 맞으면 자르는 거잖아!"

나는 우뚝 멈춰 서며 소리를 빽 질렀다.

"70점 맞으면 되지."

엄마는 불난 집에 강풍기를 틀어 댔다. 나는 걸음을 빨리했다. 나를 엄마 마음대로 할 수 있는 건 이 짧은 머리가 마지막이다.

"아빠는 예식장에 가셨으니까 우리 점심 먹고 들어가자. 저쪽에 돈가스 가게 새로 생겼던데."

엄마가 달래듯이 말하며 내 손을 잡았다.

배가 고파서인지 어디선가 바삭바삭한 튀김옷을 입은 치즈 돈가스 냄새가 풍겨 오는 것 같았다. 내 마음은 엄마

의 손을 단박에 뿌리치고 싶었지만 몸이 말을 듣지 않았
다. 입안에 침이 가득 고이자 생각이 바뀌었다. 지금 돈
가스를 안 먹으면, 머리도 깎이고 점심까지 굶게 되니 나
만 손해다. 일단 돈가스는 먹는 걸로.

나는 못 이기는 척 엄마 손에 이끌려 갔다. 그런데 몇
걸음 못 가서 얼어붙은 듯 멈춰 서고 말았다.

"바, 박영민……."

영민이가 편의점에서 나오고 있었다.

'악, 내 머리!'

나도 모르게 엄마 손을 뿌리치고 바로 옆에 있는 문구
점으로 뛰어 들어갔다. 남자애 같은 내 모습은 학교에서
보여 줘도 늦지 않았다. 엄마가 눈치 없이 큰 소리로 내
이름을 부를까 봐 조마조마했다. 다행히 엄마는 날 찾지
않았다.

얼마 뒤 밖으로 나가니 엄마는 보이지 않았다. 돈가스
가게에도 없었다. 내가 싫다고 뿌리친 줄 알고 화가 나서
집으로 간 모양이었다.

나는 터덜터덜 집으로 향했다. 돈가스를 못 먹어서 아
쉬웠고 엄마한테도 미안했다. 엄마가 화해를 요청한 건

데 버릇없이 군 꼴이 되고 말았다. 엄마가 날 끌어내 그 자리에서 야단치지 않은 게 고마웠다. 만일 그랬더라면 영민이에게 짧은 머리에다 길에서 혼나는 모습까지 보여 줘야 했을 테니까.

엄마한테 손을 뿌리친 이유를 말하고 사과하고 싶었다. 그럼 엄마도 내 마음을 이해해 줄 거다. 믿기진 않지만 엄마는 젊었을 때 남자들에게 인기가 많았다고 한다. 어쩌면 영민이 관심을 끌 수 있는 비결을 가르쳐 줄지도 모른다. 지는 걸 싫어하는 성격이니 내가 유나보다 먼저 영민이와 특별한 사이가 될 수 있도록 적극적으로 밀어 줄 수도 있다.

집에 들어선 나는 거실에서 서성이고 있는 엄마 모습에 멈칫했다. 생각보다 더 많이 화가 난 모양이었다. 움츠러들었지만 이유를 설명하려고 입을 떼었다. 그런데 엄마가 먼저 말했다.

"영민이가 뭐래? 엄마 봤대?"

"뭐? 엄마가 영민이를 어떻게 알아?"

나는 깜짝 놀라 되물었다.

"엄마 학생이야. 너 영민이랑 친해?"

나는 소파에 털썩 주저앉았다. 엄마 학생이라니. 유나와 겨뤄 보기도 전에 졌다는 생각이 들었다. 엄마가 "너 돌머리야? 이것도 몰라?" 하면서 영민이를 마구 야단치는 모습이 떠올랐다. 영민이가 아무리 공부를 잘한다고 해도, 학습지를 게임보다 좋아하지 않는 이상 엄마 마음에 드는 학생일 리가 없다. 마음이 급해졌다.

"엄마, 영민이한테 제발 내가 엄마 딸인 거 말하지 마."

나는 밀린 학습지를 모두 버렸다가 걸렸을 때보다 더 싹싹 빌었다. 영민이가 그 사실을 알면 날 싫어하다 못해 엄마한테 당한 분풀이까지 할지 몰랐다. 똑똑한 아이니까 조용히 지능적으로 괴롭힐지도 모른다. 좋아하는 아이한테 그런 꼴을 당하느니 차라리 세상에서 없어지는 게 나았다.

"내가 하고 싶은 말이야. 너야말로 영민이한테 내가 네 엄마인 거 절대로 말하지 마."

엄마 말에 나는 어리둥절해졌다.

"영민이한테 너랑 같은 반인 거 말 안 했단 말이야."

엄마가 내 눈치를 슬쩍 보며 말했다.

"왜?"

"친구 엄마가 선생님이면 불편할 수 있잖아."

하지만 나는 엄마 표정에서 진심을 알아 버렸다. 엄마는 딸이 하민지란 사실이 창피한 거다. 아까도 엄마가 먼저 내 손을 뿌리친 것 같다. 그게 아니라면 가만히 두고 볼 엄마가 아니다. 자기 체면 지키자고 거짓말해 놓고 반성은커녕 내게 비밀로 하라니. 영민이한테 "그게 나다!" 하고 밝히는 게 가장 통쾌한 복수겠지만, 엄마가 영민이를 가르칠 때 어떻게 했을지를 상상하면 비밀로 하는 게 낫다.

고민 끝에 나는 영민이를 포기하기로 했다. 영민이가 엄마 학생이라는 걸 안 이상 이제 그 애 마음을 얻으려면 뻔뻔하거나 비굴해야 하는데 둘 다 싫었다. 내 첫사랑을 시작도 하기 전에 망쳐 버린 엄마가 미웠다.

영민이를 포기하고 나니 내 별명에 '짝퉁 미효'가 추가된 것도 나쁘지 않았다. 캐릭터가 하나 더 생겼으니 말이다. 그리고 무엇보다 더는 유나와 날 비교하지 않아도 되고, 누군가에게 잘 보이고 싶어 애쓰지 않아도 되어서 좋았다. 하지만 유나와 웃으며 이야기하는 영민이를 볼 때면 뾰족한 무언가가 가슴 한구석을 찌르는 것 같았다. 그

아픔까지 괜찮다고 할 수는 없었다.

아이들이 쓴 글을 발표하는 시간이었다. 영민이가 마지막 차례였다. 나는 관심 없는 척 연습장에 낙서를 시작했지만 귀는 더욱 활짝 열렸다.

제목은 〈나는 선생님이 좋아요〉였다. 아이들이 제목만 듣고도 책상을 두드리며 웃었다. 선생님의 코가 벌름거렸다. 기분 좋을 때면 나오는 버릇이었다. 천연기념물처럼 보기 드문 남자 교사인 우리 선생님은 성격도 좋고 숙제도 잘 내지 않아서 인기가 많았다.

그런데 영민이가 좋아한다는 선생님은 우리 선생님이 아니라 학습지 선생님이었다.

'어, 그럼 우리 엄마잖아!'

연습장 위에서 샤프심이 똑, 하고 부러졌다.

하지만 영민이가 말하는 선생님은 엄마하고는 완전히 달랐다. 영민이의 장래 희망은 반려동물 관리사라고 했다. 영민이가 의사가 되기를 바라는 부모님은 그 꿈을 인정해 주지 않았는데, 학습지 선생님은 멋진 꿈이라며 응원해 주었단다. 사람은 자기가 하고 싶은 일을 하며 살 때

가장 행복한 거라고 했다나.

내게 교육 대학교에 가라고 강요하고 학습지 문제 좀 틀렸다고 돌머리 취급하는 우리 엄마에게는 상상도 못 할 일이다. 나도 그런 선생님이라면 공부하는 게 재미있을 거다. 그리고 선생님이 오시는 날을 손꼽아 기다릴 거다.

선생님의 꿈은 선생님이었다고 합니다. 가난해서 대학교에 못 간 선생님은 나중에 직장에 다니면서 방송 통신 대학교를 졸업했습니다. 선생님은 꿈을 포기하지 않고 학습지 선생님이 되었습니다. 선생님은 꿈을 이루어서 행복하다고 합니다. 나는 꿈을 이룬 선생님이 존경스럽습니다. 나도 선생님을 본받아 반려동물 관리사가 되는 꿈을 포기하지 않겠습니다.

영민이가 발표를 마치자 아이들이 짝짝짝 박수를 쳤다. 나는 낙서를 계속할 수 없었다. 우리 엄마도 방송 통신 대학교를 졸업했기 때문이다.

"너, 학습지 뭐 하냐?"

영민이가 자리로 돌아올 때 누군가 물었다. 귀가 깔때기처럼 늘어나 영민이 대답을 빨아들였다. 나는 캑, 하고 기침을 했다. 영민이가 엄마가 다니는 회사 이름을 댔기 때문이다. 설마, 다른 과목이겠지.

하지만 영민이가 말하는 선생님이 엄마일지도 모른다는 생각은 사라지지 않았다. 영민이가 아니라면 당장 쫓아가 확인하고 싶었다. 나는 참고 참다가 종례를 마친 다음에야 영민이 자리로 갔다. 그동안 멀리서 바라보기만 했지 가까이 다가간 건 처음이었다. 그 처음이 엄마와 관계된 일이라니. 할머니가 말하는 전생이라는 게 진짜 있다면 전생에 엄마와 나는 원수 사이였던 게 분명하다.

나는 영민이에게 물었다.

"아까 네가 말한 그 선생님 이름이 뭐야?"

떨리는 마음을 감추려다 보니 시비 거는 말투가 되었다.

"김선영 선생님. 왜?"

영민이 대답에 심장이 툭 떨어지면서 얼굴이 화끈거렸다. 그게 우리 엄마 이름이기 때문인지, 아니면 영민이가 나를 뚫어지게 바라봤기 때문인지 알 수 없었다.

"아, 아니. 나도 같은 학습지 해서 혹시나 하고."

나는 당황해서 얼버무렸다. 이름이 같을 수도 있잖아.

"처음 봤을 때부터 생각한 건데 너 우리 선생님하고 좀

닮은 것 같아."

영민이가 살피듯 나를 보았다.

"뭐, 뭐래."

나는 놀란 얼굴을 들키지 않기 위해 얼른 돌아섰다. 엄마가 확실했다. 엄마 꿈이 선생님이었다니. 그리고 선생님이 된 걸 행복하게 생각하고 있다니. 나는 여태 엄마가 돈 벌기 위해 싫은 일을 억지로 하는 건 줄 알았다. 집에 와서 종종 학교 선생님이 아니라고 버릇없이 구는 아이들에 대한 불만을 터뜨리곤 했기 때문이다.

나한테는 마음대로 하는 엄마가, 밖에 나가서는 아이들 이야기에 귀 기울이고 꿈에 대한 대화를 나눌 뿐만 아니라 존경까지 받는 선생님이라니. 엄마를 그렇게 생각하는 아이가 지구에서 박영민, 단 한 명뿐이라고 해도 믿기 어려웠다.

"하민지."

그때 영민이가 날 불렀다. 내가 엄마 딸인 걸 알아차렸나 보다. 어쩌지? 일단 아니라고 잡아뗄까? 그러다 나중에 알게 되면? 나는 결정하지 못한 채 영민이 쪽으로 돌아섰다.

"왜?"

나는 영민이 표정을 살폈다.

"저, 그게, 저…… 너 내일 뭐 해?"

영민이가 말을 더듬으며 물었다.

"왜?"

나는 찔끔해서 되물었다.

"토, 토요일이라 공원으로 인라인스케이트 타러 갈 건데 가, 같이 안 갈래?"

영민이 얼굴이 삶은 꽃게처럼 빨개졌다.

무언가 숨기고 있는 게 확실했다. 오늘 발표한 글은 어쩌면 모범생 답안지처럼 꾸며 쓴 것일 수도 있다. 혹시라도 내가 엄마한테 오늘 발표한 내용을 말할까 봐 입막음하려고 그러는 걸까? 그런데 내일? 오늘 집에 가서 말하면 어쩌려고. 혹시 엄마한테 그동안 당한 걸 나한테 복수하려는 건가? 문득 든 생각이 더 맞는 것 같다. 그런 속셈을 감추려니까 이상하게 구는 거다.

"왜에?"

"그, 그거는……. 너 인라인스케이트 탈 줄 알아? 모르면 내가 가르쳐 줄게."

영민이가 내 눈길을 피하며 말했다. 그 핑계로 날 마구 넘어뜨리려는 게 아닐까.

하지만 그 생각을 밀어내고 함께 손잡고 인라인스케이트 타는 모습이 떠올랐다. 그 상상을 하자 의심 따윈 모두 사라져 버리고 멀리서 코끼리 떼가 몰려오는 것처럼 심장이 쿵쾅거리기 시작했다. 함께 인라인스케이트를 탈 수 있다면 영민이에게 괴롭힘을 당해도, 아니, 코끼리 떼에 밟혀 죽어도 좋을 것 같았다.

공원 인라인스케이트장에서 영민이를 만났다. 헬멧과 온갖 보호대, 장갑 등으로 무장한 영민이는 올림픽 대회라도 나가려는 모양새였다. 엄마 대신 내게 앙갚음하려고 잔뜩 벼르고 온 것 같아 마음이 아팠다. 나는 영민이 기분이 풀릴 때까지 당해 주리라 다짐했다. 내 걱정은, 전학 온 영민이만 모를 뿐 알 사람은 다 알 만큼 내가 인라인스케이트를 잘 탄다는 사실이다.

못 타는 척을 해 분풀이할 기회를 줘야 했는데 오히려 넘어질 뻔한 영민이를 몇 번이나 잡아 줬다. 영민이가 다치는 걸 보고 있을 수만은 없어서였다. 내친김에 잘 타는 요령까지 알려 주었다. 영민이는 분해하거나 창피해하는 대신 내가 멋있다고 했다.

인라인스케이트를 타러 오기 전까지는 달팽이처럼 느리게 가던 시간이, 영민이와 만나자 입안에서 솜사탕이 녹는 속도로 빠르게 흘러갔다. 어느덧 영민이와 헤어질 때가 되었다. 나는 솜사탕을 다 먹고 손에 묻은 설탕 가루를 핥는 아이처럼 아쉬운 기분이 들었다.

느릿느릿 보호 장구들과 인라인스케이트를 벗어 가방에 넣은 영민이가 말했다.

"더운데 우리 스무디 먹을래?"

영민이 말이 끝나기도 전에 나는 고개를 힘껏 끄덕였다. 인라인스케이트 타느라 잊었던 복수를 하기 위해서라도 좋았다. 영민이가 스무디에 배 아픈 약을 타서 준다고 해도 나는 기꺼이 마실 것이다. 천천히, 오래오래.

우리는 벤치에 나란히 앉아 망고 맛과 자몽 맛 스무디를 먹었다.

"자몽 맛은 쓰지 않아?"

영민이가 물었다.

"맛있는데."

나는 달기만 한 것보다는 자몽처럼 쌉싸름한 맛이 더 좋았다.

"대단하다."

"뭐가?"

"아, 아냐. 너, 학원 어디 다녀?"

영민이가 화제를 바꿨다.

"안 다니는데. 왜?"

"그, 그냥. 같은 학원 다니면 좋을 거 같아서."

나도, 나도 영민이와 같은 학원에 다니고 싶다. 그래서 학교가 끝난 뒤에도 계속 같이 있고 싶다.

하지만 엄마는 학원에 보내 주지 않을 거다. 첫 번째 이유는 돈이 없어서일 테고, 학습지도 제대로 안 하면서 학원인들 잘 다니겠냐는 게 두 번째 이유일 거다.

'그래도 같은 학습지 하니까, 뭐. 선생님도 같잖아.'

나는 영민이 몰래 쓴웃음을 지으며 자몽 맛 스무디를 마저 빨아 마셨다. 한꺼번에 너무 많이 삼키는 바람에 가슴 한가운데가 뻐근해졌다.

"좋겠다. 학원 안 다녀서."

영민이는 진심으로 부러운 표정이었다.

"너는 그럼 학원도 다니고 학습지도 하는 거야? 엄청 부잔가 보네."

웃긴 말도 안 했는데 영민이가 웃었다. 활짝은 아니고 피식, 정도.

"네가 안 하는 거지, 그 정도 하는 애들은 나 말고도 많아."

영민이는 발부리를 툭툭 찼다.

"그런데 너 학습지 선생님 좋다는 거 진짜야?"

나는 쭉 궁금했던 것을 문득 생각난 듯 물어보았다. 영민이가 잊고 있을지도 모를 복수심을 깨우쳐 주기 위해서이기도 했다. 영민이가 날 좋아하지 않는 것보다 날 미워하는 마음을 계속 품고 있는 게 더 싫으니까.

"응. 왜?"

"아, 아니. 난 학습지 선생님이 싫거든."

같은 사람인데 영민이한테는 좋은 선생님이고 나한테는 싫은 선생님이라니. 입안에 자몽 맛 스무디의 쓴맛만 남았다.

"우리 선생님한테 배우면 좋을 텐데. 우리 선생님은 웃기는 개그도 많이 알고 엄청 재밌게 가르쳐 주시거든."

나는 하마터면 "우리 엄마가?" 할 뻔한 걸 간신히 "너네 선생님이?"로 바꿔 물었다.

"응, 우리 선생님 딸이 코미디언 될 거라고 맨날 집에서 연습하는데 그거 보고 아시는 거래."

"정말?"

영민이가 놀라서 묻는 나를 어리둥절한 얼굴로 바라보았다.

"아, 아니. 우리 선생님은 걸핏하면 나랑 다른 애들이랑 비교하면서 기죽이거든."

나는 겨우 둘러댔다. 하지만 사실이었다.

"우리 선생님은 자기가 하고 싶은 걸 하면서 사는 게 진짜 성공이래. 우리 선생님 정말 멋지지?"

어이가 없었다. 이런 말을 해 놓았으니 내가 딸인 게 알려질까 봐 겁나는 거다. 나는 당장 영민이한테 엄마의 실체를 까발려 망신을 주고 싶었다. 그때 갑자기 영민이가 킥킥 웃으며 말했다.

"그런데 있지, 우리 선생님이 딸한테는 절대로 코미디언 하라는 말 안 한대. 딸이 청개구리과라서 무슨 말을 하면 반대로 하기 때문에 그러시는 거래."

영민이한테 날 청개구리라고 흉을 보다니. 내가 청개

구리면 엄마는 황소 청개구리다. 영민이는 지금 엄마의 멋진 척 연기에 감쪽같이 속고 있는 거다. 만약 엄마의 참모습을 안다면 영민이는 자기가 쓴 글을 찢어 버리고 싶을 거다.

내가 할 말을 잃은 사이 영민이가 다음 주에 또 인라인스케이트를 타자고 했다.

"왜?"

엄마 대신 나한테 복수할 것도 아닌데 왜? 정말 궁금했다. 영민이는 자몽 맛 스무디 색 얼굴로 말했다.

"네가 좋으니까."

내가 좋다고? 짝퉁 미효 같은 머리 모양에 공부도 못하고 예쁘지도 않은 나를?

"왜에?"

그 말이 입 밖으로 나간 순간, 나는 내 머리통을 마구 쥐어박고 싶어졌다. 이 돌머리야, 좋다는데 왜라니! 아, 처음으로 엄마를 이해할 것 같았다.

영민이는 내 질문에 친절하게 대답해 주었다. 내가 재미있고 당당해서 좋단다. 내가 좋아하는 영민이가 날 좋아하다니. 하늘이 천장이라고 해도 뚫고 올라갈 것 같은

기분이었다. 하지만 대답하기 전에 확인할 게 있었다.

"너, 유나랑 사귀는 거 아니었어?"

내 물음에 영민이는 절대 아니라고 펄쩍 뛰며 자기는 처음부터 나를 좋아했다고 말했다.

"너 그럼 지금 나한테 사귀자고 고백한 거야?"

영민이는 내 대답이 끝나기도 전에 고개를 끄덕였다. 내 대답은 당연히 "예스!"였다.

나는 영민이에게 김선영 선생님이 우리 엄마란 말을 하지 않았다. 엄마가 내게도 멋진 척할 기회를 주고 싶었기 때문이다. 나도 엄마와 내 꿈에 대해 진지하게 이야기해 보고 싶다.

이번 대결에서는 엄마를 이길 것 같은 예감이 든다. 엄마를 멋진 선생님이라고 생각하는 영민이, 그 비장의 무기가 내 손 안에 있으니까.

요술 주머니

피아노 학원 건물 1층은 슈퍼마켓이다. 화이트데이 때는 사탕, 어버이날에는 카네이션, 빼빼로데이 때는 빼빼로 등 때마다 품목이 바뀌는 가게 앞 진열대에 이번엔 갖가지 모양으로 포장된 초콜릿이 놓여 있다. 여자가 남자에게 고백하는 밸런타인데이가 며칠 남지 않았기 때문이다.

지유의 발길은 진열대 앞에서 떨어지지 않았다. 이번 밸런타인데이 때 초콜릿을 주고 싶은 아이가 있어서였다. 같은 학원에 다니는 우주였다. 인기 많은 아이라 초콜릿을 주는 여자애들이 많을 게 분명했다. 그 사이에서 눈에 띄려면 평범 이상의 초콜릿이어야 한다.

지유는 주머니에 손을 넣어 보았다. 오백 원짜리 동전 한 개가 전부였다. 알고 있었으면서도 한숨이 나왔다. 그 돈 가지고는 미니 초콜릿 한 개도 제대로 못 산다. 엄마 아빠는 정해진 용돈 외에는 돈을 절대로 주지 않았다. 어려서부터 경제 교육을 철저히 시키기 위해서라고 했다. 친구들을 보면 군것질도 많이 하고 학용품도 자주 바꾸었다. 그뿐만 아니라 노래방에도 가고 극장에도 갔다. 늘 주머니 사정이 빠듯한 지유한테는 꿈도 꾸지 못할 일이다.

옛날이야기에서처럼 무엇이든 넣으면 똑같은 게 계속 쏟아져 나오는 요술 주머니가 있다면 얼마나 좋을까, 하고 지유는 생각했다. 그럼 지금 있는 오백 원짜리 동전이 수십 개, 아니, 수백 개씩 쏟아져 나올 테고 우주에게 세상에서 가장 멋진 초콜릿 바구니를 선물할 수 있겠지. 지유는 초콜릿 바구니를 받고 놀라는 우주를 떠올렸다. 상상 속 우주가 지유에게 손을 내밀었다.

옛날이야기에서 보면 기적은 착하고 욕심 없는 사람한테만 일어났다. 흥부, 콩쥐, 나무꾼(선녀 옷을 숨긴 나무꾼이 아니라 도끼를 연못에 빠뜨린 나무꾼이다.), 혹부리 영감 등등이 모두 그렇다. 지유는 자기가 그만하면 착하다고 생각했고, 요술 주머니가 생겨도 욕심 부리지 않을 자신이 있었다.

지유는 만일 기적 같은 일이 생긴다면 자기를 위해선 초콜릿 바구니 딱 한 개만 사고 나머지는 불쌍한 이웃을 돕는 데 쓰겠다고 맹세했다. 그러니 제발 제게 요술 주머니 하나만 주세요. 지유는 간절한 마음으로 빌었다.

'지금 무슨 생각을 하는 거야? 얼른 영어 학원 갔다 와서 엄마한테 용돈 좀 미리 달라고 졸라 봐야지.'

지유는 터무니없는 생각들을 떨쳐 버리고 영어 학원으로 향했다.

지유는 건널목 앞에 서서 신호등이 바뀌길 기다렸다. 허리가 기역 자로 굽은 할머니가 무거워 보이는 가방을 내려놓으며 지유 옆에 섰다. 할머니는 가쁜 숨을 몰아쉬며 주먹으로 허리를 두드렸다. 그 모습을 보자 할머니가 생각났다. 지유는 엄마 아빠 다음으로 할머니를 좋아했다.

'무거워 보이는데 들어 드릴까?'

'다른 어른들도 못 본 체하는데 네가 왜 나서?'

'일기 쓸 거리도 생기고 좋지, 뭐.'

'엄마가 착한 일 했다고 내 부탁을 들어줄지도 모르잖아.'

마지막으로 떠오른 생각에 마음을 정했다. 초록불이
되었다.

"제가 들어 드릴게요."

지유는 할머니의 가방을 들어 올렸다.

"아이고, 고마워라!"

가방은 보기보다 무거웠다. 그리고 어쩐지 점점 더 무
거워지는 것 같았다. 길을 건넌 뒤 후유, 하며 가방을 내
려놓는데 할머니가 말했다.

"내가 허리가 아파서 그러는데 우리 딸네 집까지 좀 들
어다 다오. 저기 골목 끝이야."

할머니가 가리키는 골목길을 보자 지유는 괜히 나섰다
는 후회가 들었다. 구불구불한 골목은 끝이 없어 보였다.
한숨을 내쉬며 바라보는데 얼핏 TV 예능 프로그램이 떠
올랐다. 육교나 지하철 계단 같은 곳에 도움을 필요로 하
는 사람을 만들어 놓고 깜짝 카메라로 지켜본 뒤 그들을
도와주는 사람에게 상을 주는 프로그램이었다.

선생님은 사람들을 몰래 관찰하는 건 아무리 의도가
좋아도 인권 침해라고 말씀하셨지만 프로그램은 인기가
많았다. 지유도 상 받는 사람들을 부러워하며 자신이 그

린 상황이면 어떻게 할까를 상상해 보곤 했다.

문득 할머니한테서 연기자 냄새가 난다는 생각이 들었다. 허리가 심하게 꼬부라진 모습이나 가방을 더 들어다 달라는 게 어쩐지 설정 같았다. 가방이 크기에 비해 너무 무거운 것도 수상했다.

'깜짝 카메라가 분명해. 어딘가 카메라가 있을 거야.'

가슴이 두근거리기 시작했다. 착하게 살았더니 이런 행운이 오는구나. 지유는 주위를 살펴보고 싶은 걸 간신히 참았다.

골목은 짐작대로 길었다. 시험해 보려고 일부러 먼 길을 선택했나 보다. 드디어 골목 끝에 다다른 지유는 가방을 내려놓았다. 그런데 할머니의 딸은 초인종을 눌러도 나오지 않았다.

"아이고, 연락을 안 하고 왔더니 집에 아무도 없나 보네. 아무래도 사위 가게에 가 있나 봐. 거기까지 다시 좀 들어다 다오."

이 정도면 보통은 미안해서라도 더 들어 달라는 말을 하지 않는다. 그런데 할머니는 미안한 기색도 없이 지유에게 또 부탁을 하고 있었다.

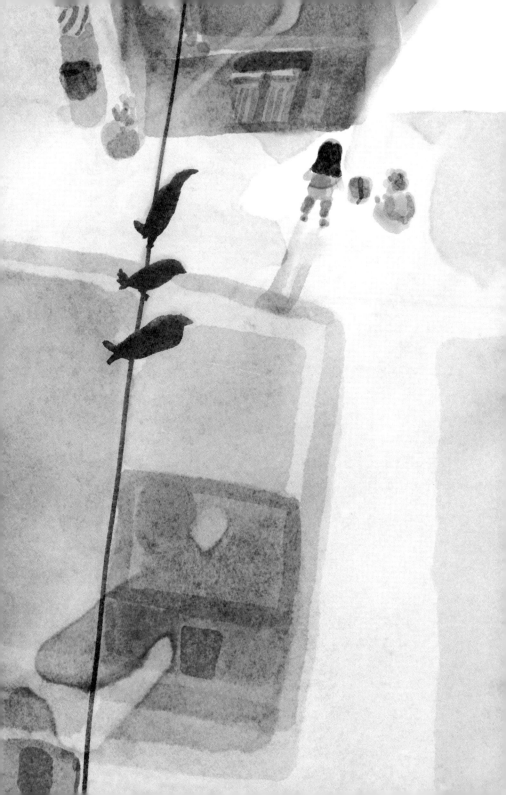

'나를 시험하고 있는 게 맞아. 이 관문까지 통과하면 팡파르가 울리며 꽃가루가 쏟아질 거야.'

지유는 기꺼이 가방을 다시 들고 앞장섰다. 가방이 무거운 것보다 깜짝 카메라인 걸 눈치채지 못한 척 표정을 관리하기가 더 힘들었다.

"다 왔다. 저기야."

할머니가 건물 모퉁이에 있는 열쇠 가게를 가리켰다.

"고맙다. 여기서부터는 내가 들고 가마."

가방을 내려놓는데 심장이 터질 것처럼 두근거렸다. 지유는 비죽비죽 새어 나올 것 같은 웃음을 간신히 참으며 허리를 폈다. 이제 어디에선가 진행자가 나타나 "자, 지금까지 깜짝 카메라였습니다!"라고 할 것이다. 꿈에도 몰랐다는 듯이 깜짝 놀란 표정을 지어야지. 당황한 것처럼 말도 더듬어야 돼. 지유는 속으로 연습까지 했다. 순금 메달과 엄마가 벌써부터 바꾸고 싶어 했던 최신형 김치냉장고가 상이니 초콜릿 바구니 살 돈쯤은 쉽게 타 낼 수 있을 거다.

하지만 지유가 기대했던 일은 일어나지 않았다. 진행자의 등장도 팡파르도 꽃가루도 없었다. 허탈함과 어이

없는 기대를 한 자신에 대한 낯 뜨거움이 뒤섞인 채 다리
힘이 풀렸다. 지유가 금방 안녕히 계세요, 하고 돌아서지
못한 건 그래서였다. 그런데 할머니가 오해를 한 모양이
었다.

"힘들게 수고를 해 줬는데 뭘로 보답을 해야 하나?"

할머니가 작은 손가방을 열었다.

"아, 아니에요."

손사래는 쳤지만 그 순간 지유가 약간의 심부름값을 기
대하지 않았다면 거짓말이다. 정말 단지 그 정도였을 뿐
이다.

"이것밖에 줄 게 없네."

할머니가 지유에게 내민 건 복주머니였다.

'요, 요술 주머니……'

복주머니를 받아 든 지유는 머릿속을
파고든 생각에 고개를 흔들었다.

'깜짝 카메라가 차라리
현실적이지 요술 주머니
라니, 내가 어떻게
됐나 봐.'

그런데 할머니가 온데간데없이 사라졌다. 열쇠 가게로 들어가기에는 너무 짧은 시간이었다.

지유는 후들거리는 다리로 간신히 열쇠 가게에 가 봤지만 할아버지 한 분이 자리를 지키고 있을 뿐이었다.

지유는 복주머니를 들여다보았다. 손때가 묻어 있는 복주머니는 예사롭지 않아 보였다. 주머니가 손에 들어오기까지도 이상한 일투성이였다. 갑자기 등장한 할머니와 가방. 가방이 점점 무거워진 것도 느낌이 아니라 실제였던 것 같다. 돌덩이처럼 무거운 가방을 들게 한 채 이리저리 끌고 다닌 건 옛날이야기에서처럼 나를 시험해 본 게 아닐까? 요즘엔 보기 드문 열쇠 가게도 수상하고 갑자기 사라진 할머니는 더 수상했다.

일생에 한 번쯤은 신비로운 일이 일어날 수도 있잖아. 그러니까 진짜 요술 주머니인지도 몰라. 간절히 원하면 이루어진다고 했잖아. 지금 내게 그 순간이 온 걸 거야. 생각을 할수록 지유의 심장은 더 세차게 뛰었다.

복주머니를 시험해 보기로 한 지유는 혹시라도 요술 주머니를 노리는 사람이 있을까 봐 주위를 살피며 공원에 있는 화장실로 갔다. 칸막이 안에서도 마음이 놓이지 않아 문을 꼭 잠근 뒤 전 재산인 오백 원을 꺼냈다. 지유는 그 돈을 복주머니 속에 넣고 떨리는 손으로 끈을 조인 다음 흔들기 시작했다. 스스로가 어이없어 헛웃음을 지으면서. 그런데 거짓말처럼 주머니가 부풀어 오르며 무거워졌다. 동전이 늘어나고 있었다!

지유는 변기 뚜껑 위에 털썩 주저앉아 뺨과 허벅지를 사정없이 꼬집었다. 그 순간 꿈에서 깨어나는 경우가 많으니 말이다.

"아, 아얏!"

지유는 얼른 자기 입을 틀어막았다. 가슴 뛰는 소리가 옆 칸까지 들릴 것 같았다. 지유는 손을 덜덜 떨며 요술 주머니를 열었다. 세상에 이런 일이! 동전이 가득했다. 반짝거리는 오백 원짜리가 옛날이야기 속 은화 같았다.

이런 꿈같은 일이 진짜로 일어나다니. 착한 일 한 번에 얻은 횡재였다. 차츰 정신이 들자 초콜릿 바구니 딱 한 개만 사고 더는 욕심 부리지 않겠다던 다짐은 온데간데없고 머릿속은 갖고 싶은 온갖 물건들로 소용돌이쳤다. 당연히 초콜릿이 가장 중요했다. 그리고 이제는 돈이 얼마든지 있는데 동네 가게에서 사고 싶지 않았다. 백화점에 가면 더 멋지고 근사한 초콜릿이 많을 것이다. 밸런타인 데이까지는 아직 며칠이 남았으니 좀 더 있다 사도 늦지 않는다. 무엇보다 지금 샀다가는 엄마에게 들통이 날 테고, 그러면 당장 요술 주머니를 빼앗길지 모른다. 그럼 다시 빈털터리로 돌아간다.

화장실 안에서 한참 동안 마음을 가라앉힌 지유는 이미 수업이 시작됐을 학원 따윈 까맣게 잊고 베프인 다온이에게 전화를 걸었다. 우선 돈이 생긴 기쁨을 맛보고 싶었고 돈을 써 봐야만 요술 주머니가 있다는 사실을 믿을 수 있을 것 같았다.

지유는 다온이에게 요술 주머니 이야기를 하고 싶어 입이 간지러웠지만 꾹 참았다. 혼자 두고두고 쓰려면 비밀 유지가 최고로 중요했다. 소문이 났다가는 엄마에게 뺏기기도 전에 도둑맞을 수도 있고 사돈의 팔촌까지 도와 달라고 손을 내밀지 모른다. 지유는 이민 가는 로또 당첨자들의 심정이 이해되었다. 안에 넣은 걸 계속 만들어 내는 요술 주머니는 로또 당첨보다 더 큰 횡재다.

다온이가 오길 기다리는 동안 지유는 은행에 가서 동전을 종이돈으로 바꾸기로 했다. 엄마와 함께 돼지 저금

통의 돈을 바꾼 기억이 났기 때문이다. 그리고 요술 주머니에 큰돈을 넣으면 액수도 더 많아지고 쓰기도 편할 것이다. 지유는 그런 생각을 해 낸 자신이 기특했다.

혼자 은행에 들어서자 겁이 났다. 되돌아서려는데 직원 아저씨가 다가와 도움이 필요한지 물었다.

"도, 동전을 바꾸려고요. 돼, 돼지 저금통을 뜯었거든요."

훔친 것도 아닌데 제 발에 저려 거짓말을 한 지유는 번호표를 뽑고 순서를 기다렸다. 창구 직원 언니가 동전을 세려고 기계에 넣는 순간 지유는 혹시 무슨 표시가 돼 있거나 못 쓰는 돈이라고 할까 봐 심장이 멎을 것만 같았다. 다행히 언니는 상냥한 얼굴로 만 원짜리 네 장, 천 원짜리 세 장과 함께 오백 원짜리 동전 한 개를 건네주었다. 원래 있었던 오백 원을 빼면 사만 삼천 원이 거저 생긴 것이다. 은행을 나서는 지유는 세상을 다 가진 기분이었다.

'기다려. 앞으로 모두 사 줄 테니까!'

문구점, 옷 가게, 신발 가게, 편의점 등 갖고 싶은 물건이 있는 가게 앞을 지날 때마다 지유는 속으로 외쳤다. 언제든지 살 수 있다고 생각하자 이상하게 갖고 싶은 마음이 줄어들었다.

"정지유, 너 돈이 어디서 나서 한턱 쏘겠다는 거야?"

달려 나온 다온이가 궁금해했다. 지유는 설날에 친척들한테 받은 세뱃돈이라고 둘러댔다. 엄마한테 다 뺏겨서 그렇지 설날에 받은 세뱃돈은 요술 주머니에서 나온 돈보다 더 많았다. 지금까지는 엄마에게 돈을 뺏긴 게 억울하고 아까웠지만 이젠 그깟 돈엔 관심도 가지 않았다.

지유는 요술 주머니에 넣을 만 원짜리 한 장을 먼저 잘 챙겨 놓았다. 남은 돈으로 떡볶이와 아이스크림을 사 먹고, 스티커 사진을 찍고, 다온이와 커플로 머리핀도 사며 기분을 냈다. 삼만 삼천 원을 쓰기는 너무 쉬웠다.

"야, 이렇게 다 써도 돼? 엄마한테 안 혼나?"

다온이는 신나 하면서도 걱정했다.

"엄마가 맘대로 쓰라고 했으니까 걱정하지 마. 앞으로도 종종 한턱 쏠게."

지유는 큰소리를 쳤다. 부자란 좋은 거야. 이렇게 인심을 쓸 수도 있고 말이야. 요술 주머니를 가진 지유는 외국의 억만장자들처럼 좋은 일도 많이 하는 부자가 되리라 결심했다.

"갑자기 왜 그래, 너. 혹시 로또라도 맞은 거야?"

다온이 눈이 둥그레졌다. 지유는 요술 주머니 이야기를 하고 싶어 안달이 나는 걸 간신히 참았다. 횡재했던 옛날이야기 속 주인공들은 대부분 입이 싸서 망했으니 조심, 또 조심해야 한다.

다온이가 공부방 갈 시간이라며 집으로 가자 지유는 비로소 영어 학원에 가지 않았음을 깨달았다. 하지만 겁나지 않았다. 엄마한테 내쫓기더라도 요술 주머니가 있으니 걱정 없다. 온갖 간섭과 닦달을 당하느니 차라리 집을 나와 마음대로 사는 것도 괜찮을 것 같았다.

혼자가 된 지유는 상가 건물에 있는 화장실로 들어갔다. 당장 돈이 필요한 건 아니었지만 자신에게 온 행운을 다시 한번 확인해 보고 싶었기 때문이다. 지유는 요술 주머니에 만 원을 넣었다. 주머니 속에 가득 찬 만 원짜리를 상상하니 가슴이 벅차올랐다. 이번엔 만 원짜리를 오만 원짜리로 바꿔야지.

돌아오는 엄마 생일에는 명품 가방을 사 줄까? 평소에 명품을 무시하는 엄마지만 막상 가방이 생기면 마음이 달라질 거다. 아빠한테는 최신식 태블릿 피시를 사 줘야지. 아빠가 그걸 가지고 회사 밖에서도 일을 하면 사장님이 승진도 시켜 주고 월급도 올려 줄 것이다. 아니, 사장님 눈치 볼 것 없이 아빠에게 회사를 차려 주면 되겠다.

지유는 끈을 조인 다음 모든 걸 이루어 줄 요술 주머니를 흔들었다. 그런데 아무리 흔들어도 주머니는 무거워지지 않았다. 종이돈이라 그런가 싶어 주머니를 열어 보니 만 원짜리도 사라진 채 안이 텅 비어 있었다.

주머니 속처럼 텅 빈 머리가 된 지유는 아까처럼 변기 뚜껑 위에 털썩 주저앉았다. 원래 자기 것이었던 돈을 도둑맞은 기분이었다.

'어쩜 동전만 되는 걸지도 몰라.'

간신히 정신을 차린 지유는 허둥지둥 오백 원짜리를 주머니에 넣었다. 그리고 정성을 다해 흔들어 봤지만 아무런 변화도 없었다. 뒤집어 보고 흔들어 보고 벽에 때려보고 별짓을 다 했지만 주머니는 더는 요술을 부리지 않았다. 사라진 만 원짜리와 달리 그대로 남아 있는 오백 원이, 낡은 헝겊 주머니한테 기적을 바라는 자신을 비웃는 것 같았다.

옛날이야기 어디에도 이렇게 야박하게 복을 주는 경우

는 없었다. 횡재할 기회는 딱 한 번뿐이라는 사실을 가르쳐 주지 않은 할머니가 너무너무 원망스러웠다. 이럴 줄 알았으면 초콜릿 바구니부터 사 놓는 건데. 아니, 처음에 빌려서라도 만 원짜리를 넣고 흔드는 건데. 아니, 다온이하고 기분부터 내는 게 아니었는데. 후회가 망치가 되어 가슴을 내리쳤다. 행운을 제 발로 차 버린 자신을 용서할 수 없었다. 지유는 화장실 문에 머리를 박고 싶었다.

화장실에서 나와 넋이 나간 채 길을 걷던 지유는 달려오는 자전거와 부딪혀 나뒹굴었다.

"이놈아, 그렇게 따르릉거려도 모르고 어디다 정신을 팔고 다니는 거야?"

자전거와 함께 넘어졌던 아저씨가 일어서더니 지유에게 마구 화를 내곤 가 버렸다. 발목이 접질린 지유는 주저앉은 채 아픈 걸 핑계 삼아 훌쩍훌쩍 울었다. 사람들이 지유 곁을 휙휙 지나쳐 갔다. 지유의 말을 믿어 주고 억울함을 달래 줄 사람은 어디에도 없을 것 같았다. 그때 그림자 하나가 지유에게 드리워졌다.

"왜 그러니? 어디 아파?"

중학생 언니가 걱정스러운 표정으로 지유에게 물었다.

그제야 창피한 생각이 든 지유는 일어서려다 비명을 지르며 다시 주저앉았다.

"발목을 다쳤나 보네. 나 잡고 일어서 봐."

언니가 지유의 팔을 부축해 주었다. 언니에게 의지했는데도 걸음을 옮길 때마다 발목이 시큰거렸다. 하지만 마음은 더 시큰거렸다. 지유는 요술 주머니가, 횡재한 사

람들의 심리를 연구하기 위해 만들어진 것이었으면 좋겠다고 생각했다. "지금까지 깜짝 카메라였습니다." 하고 진행자가 나타났으면. 그러면 창피하기는 해도 이렇게 허탈하거나 억울하지는 않을 것 같았다.

주머니 속에서 휴대폰 진동이 울려 꺼내 보니 엄마였다. 그사이 전화가 여러 통 왔었는데 몰랐다. 영어 학원에서도 와 있었다. 엄마 목소리를 듣는 게 무서우면서도 아프니까 엄마 생각이 났다. 다쳤다고 해야지. 그런데 엄마는 전화를 받자마자 지유가 말할 틈도 주지 않고 야단을 쳤다.

"너 학원 안 가고 어디서 무슨 짓 하고 돌아다니는 거야? 빨리 집으로 왓!"

엄마는 자기 말만 하고는 전화를 끊었다. 지유는 민망한 얼굴로 언니를 보았다. 바로 옆에 있었으니 엄마 목소리가 다 들렸을 거다.

"우리 엄마랑 똑같네. 우리 엄마도 전화하면 자기 할 말만 하고 끊는데."

언니가 씩 웃으며 말했다. 그 말에 지유는 창피함이 좀 가셨다.

"언니, 어디 가는 길 아니었어요? 이젠 나 혼자 갈 수 있는데."

"학원 가는 길인데 아직 시간 괜찮아. 너 지금도 발 제대로 못 디디잖아. 집 근처까지 데려다줄게."

언니가 마음을 편하게 만드는 표정과 목소리로 말했다. 부축이 아니면 제대로 걷기 힘든 건 사실이었다. 지유는 고마운 언니에게 보답을 하고 싶어졌다. 하지만 지유에겐 오백 원짜리 동전 한 개와 조금 전까지만 해도 요술 주머니였으나 이제는 헝겊에 불과한 복주머니가 있을 뿐이었다.

'주머니를 줄까?'

'그래도 요술 주머닌데?'

'이젠 아니잖아.'

지유가 무엇인가 선택할라치면 어김없이 등장하는 천사와 악마가 나타나 자기들끼리 싸우기 시작했다.

솔직히 요술 주머니 때문에 덕 본 게 뭐가 있어? 그 주머니만 아니었으면 영어 학원에도 빠지지 않았을 테고 다치지도 않았을 거야. 이 시간이면 편안하게 엄마가 만들어 준 간식을 먹거나 아이들과 메신저로 수다를 떨고 있겠지. 다온이와 신나게 놀기는 했지만 앞으로도 종종 한턱 쏘겠다는 말은 지킬 수 없게 됐잖아. 실컷 베풀고도 거짓말쟁이가 되게 생긴 거야. 요술 주머니가 아니라 근심 주머니라고.

어느 쪽이 천사인지 악마인지 모르겠지만 아무튼 복주머니가 근심 주머니라고 주장하는 목소리가 이겼다. 지유는 집과 가까운 건널목 앞에서 복주머니를 꺼냈다.

"이제 혼자 갈 수 있어. 고마워, 언니. 그리고 이거……."

지유는 복주머니를 언니에게 건넸다. 언니가 어리둥절한 표정으로 주머니와 지유 얼굴을 번갈아 보았다.

"나한테는 이제 필요 없어서……."

언니가 복주머니를 이리저리 살펴보는 사이 지유는 때마침 초록불로 바뀐 건널목을 절뚝거리며 건넜다. 땅을 디딜 때마다 발목이 아팠지만 그보다 마음이 더 아팠다. 괜히 줬다는 후회가 사정없이 가슴을 후려쳤기 때문이다. 때맞춰 천사인지 악마인지 여전히 알 수 없는 다른 한 쪽이 목소리를 높이기 시작했다.

하루에 한 번씩만 요술을 부리는 주머니였는지도 모르잖아. 좀 더 두고 볼걸, 너무 경솔했어. 그렇게 냉큼 주는

게 아니었다고. 지금이라도 쫓아가서 되돌려 달라고 할까? 지유는 조급해진 마음으로 돌아봤지만 언니는 보이지 않았다.

늦었다. 이미 늦었다. 울고 싶은 지유의 머릿속을 어떤 생각 하나가 두드렸다. 복주머니를 되찾아 오기에만 늦은 게 아니다. 그 주머니가 요술 주머니란 걸 알려 주기에도 늦었고, 신비로운 일은 한 번만 일어난다는 사실을 말해 주기에도 늦었다.

울상이던 지유의 표정이 펴졌다. 정말 다행이다. 복주머니의 비밀을 알아차리는 것도, 그 주머니가 행운을 불러올지 근심을 안겨 줄지도 이제 모두 주머니를 가진 사람의 몫이다. 그 어려운 일을 다른 사람에게 떠넘긴 것이다. 지유는 비로소 깜짝 카메라의 시험에서 벗어난 기분이 들었다. 지유는 새 요술 주머니를 얻은 것처럼 씩 웃었다.

이상한 숙제

선생님, 저 해빈이예요. 한 달 전에 선생님이 수행 평가 숙제를 내 주셨잖아요. 숙제를 제출해야 하는 날이 내일로 다가왔네요.

"각자 생각하는 아름다운 사람 찾아보기야. 다음 달 첫째 주 월요일까지 자신이 찾은 아름다운 사람에 대한 이야기를 써서 내면 되고, 그때까지 다른 숙제는 없어."

처음엔 마치 한 달 동안 방학인 것처럼 신이 났어요. 선생님이 그동안 내 주셨던 '눈 감고 생활해 보기'나 '아빠 발 씻겨 드리기', '엄마와 역할 바꾸기' 숙제보다 '아름다운 사람 찾아보기'가 더 쉬워 보였거든요. 하지만 우리는 곧 고민에 빠졌어요.

"도대체 어떤 사람이 아름다운 사람이야?"

선생님은 '아름다운 사람'에 대해 구체적인 설명을 해 주지 않으셨잖아요. 질문도 안 받으셨고요.

우리는 '아름다운 사람'을 놓고 떠들어 댔어요.

"걱정할 게 뭐 있냐? 아름다운 사람이 얼마나 많은데."

서준이가 말하자 예나가 으름장을 놓았지요.

"걸 그룹이나 배우 같은 거 말하면 가만히 안 둔다."

"그런 사람들 아니면 누가 예쁘다는 거야?"

서준이가 물었어요. 평소에 책을 많이 읽는 서준이가 그렇게 말할 줄은 몰랐어요.

"예쁜 사람이 아니라 아름다운 사람이잖아. 연예인 같으면 선생님이 왜 한 달씩이나 찾아보라고 하셨겠냐?"

영후가 핀잔을 주었어요.

"맞아. 그리고 연예인들 중에는 성형 수술 한 사람도 많잖아."

미진이가 거들었어요.

"선생님 말씀은 외모가 아니라 마음이 아름다운 사람을 찾으라는 거 아닐까?"

회장 유주가 결론을 내렸어요. 아이들 대부분은 고개를 끄덕이며 공감했어요.

　"얼굴이 예쁘면 마음도 아름다운 거야."

　기찬이가 우겼어요. 예나가 기찬이한테 발 차는 시늉을 하자 실내화가 날아갔어요. 선생님이 들어오다 맞은 그 실내화요.

　다음 날도 아름다운 사람에 대한 고민은 끝나지 않았어요. 유주 말대로 마음이라면 그게 보여야 말이지요. 얼마나 안 보이면 '열 길 물속은 알아도 한 길 사람 속은 모른다.'라는 속담까지 있겠어요.

　"남을 도와주는 사람이 아름다운 사람 같아."

　제 생각이었어요. 거리를 청소하는 환경미화원, 새벽같이 배달하는 택배 기사, 아픈 사람을 치료해 주는 의사 같은 사람들이요.

　"그런데 그 사람들은 돈 받고 하는 거잖아. 그거보다는 공짜로 도와주는 게 진짜 아름다운 거지."

　현태 말이 맞는 것 같았어요.

　평생 힘들게 모은 전 재산을 장학금으로 내놓은 할머니, 노숙인에게 밥을 주는 목사님, 길고양이를 돌보는 사

람들······. 뉴스에도 많이 나오잖아요. 그때까지만 해도 숙제는 어렵지 않을 것 같았어요.

"그런데 너희들 그런 사람 직접 만나 본 적 있어?"

서준이가 물었어요. 아이들은 모두 고개를 저었어요. TV나 인터넷에서 봤을 뿐이라고 했어요. 저 역시 그랬어요.

"한 달이나 시간을 주신 걸 보면 주위에서 직접 찾으라는 말씀 같아."

이번에도 유주가 결론을 내렸어요. 제 생각도 그랬어요.

"몰라, 난 그냥 인터넷에서 찾아볼래."

"그래, 그런 사람을 어떻게 직접 찾아?"

"얼굴 예쁘면 아름다운 거 맞는다니까. 난 샬랄라 민채 누나로 정했어."

기찬이 말에 몇몇 아이들도 맞장구치며 연예인 이름을 말했어요. 저는 그 아이들이 좀 한심해 보였어요. 아무튼 아이들의 의견은 인터넷에서 찾는 걸로 모아지는 것 같았어요.

하지만 전 꼭 직접 찾아보고 싶었어요. 우선 가까운 곳에서부터 알아보기로 했어요.

"엄마, 불우 이웃 돕기 해 본 적 있어?"

가장 먼저 엄마에게 물었어요.

"음…… 있지. 크리스마스 때 자선냄비에 돈을 넣은 적도 있고, 지하 상가에서 구걸하는 사람한테 돈을 준 적도 있고."

그 정도는 누구나 할 수 있는 일이잖아요. 저도 자선냄비에 천 원을 넣은 적이 있는걸요. 노숙인한테 오백 원을 준 적도 있고요. 모두 그때 제가 가진 전 재산이었어요.

"그딴 거 말고, 진짜 불우 이웃 돕기 해 본 적 없냐고."

엄마는 고개를 저었어요. 실망한 저는 엄마에게 말했어요.

"엄만 마흔 살이 넘었는데 불쌍한 사람 도와준 적이 그것뿐이란 말이야?"

갑자기 엄마가 얼굴이 빨개져선 화를 버럭 냈어요.

"알고 보면 우리가 불우 이웃이야. 아파트 대출금에, 너희 학원비에, 할아버지 병원비에, 엄마가 얼마나 힘든 줄 알아?"

엄만 그렇다 치고 아빠는 뉴스를 보면서 못된 짓 한 사람들을 욕할 때가 많아요. 그러니까 분명히 남모르게 좋은 일을 했을 거예요.

"아빠, 아무도 모르게 좋은 일 한 거 뭐 있어?"

"아무도 모르게라. 글쎄⋯⋯. 아, 지난번 복도 걸어오다 옆집 자전거가 넘어져 있어서 세워 놨는데 아마 아무도 본 사람 없을걸."

"그딴 시시한 거 말고."

제가 소리를 지르자 아빠는 멋쩍은 표정으로 그러면 없다고 했어요.

물론 중학교에 다니는 오빠한테도 물어보았죠. 걸핏하면 저를 놀리는 오빠가 아무리 좋은 일을 한다고 해도 아름다울 리는 없지만요.

"너, 내가 한 달에 한 번씩 꼬박꼬박 복지관에 가서 봉사하는 거 몰라?"

오빠가 큰소리를 쳤어요.

"그건 봉사 점수 받으러 할 수 없이 가는 거잖아. 그런 거 말고 진심에서 우러나와서, 남몰래 좋은 일 한 적 있냐고. 오른손이 한 일을 왼손이 모르게 하는 거, 그런 거 말이야."

"좋은 일을 왜 몰래 하냐? 나는 오른손이 하는 일은 왼손은 물론 발까지도 알아야 한다고 생각해. 손발이 맞아야 좋은 일도 더 많이 할 거 아니야."

정말 오빠랑은 말이 통하지 않아요.

가족 중에서 아름다운 사람 찾는 걸 실패한 저는 동네 사람들 중에서 찾아보기로 했어요. 상가 치킨집 사장님이 좋은 일을 많이 한다는 정보를 알아냈어요. 보육원에도 자주 가고 지난 추석 때는 한 부모 가정과 조손 가정에 치킨도 돌렸다는 거예요. 드디어 숙제를 할 수 있을 것 같은 예감에 가슴이 다 벌렁거렸어요. 하지만 과일 가게 아줌마 말에 기운이 쭉 빠지고 말았어요.

"그 사람, 왜 그러는 줄 아니? 구의원에 나오려고 그러는 거야."

기운만 빠진 게 아니라 좀 부끄러운 생각도 들었어요. 2학기 초 교실 화분에 물 주고, 서준이가 팔에 깁스했을 때 도와줘서 선생님이 칭찬해 주셨잖아요. 솔직히 고백하자면 그거 회장 선거 때문이었거든요. 유주가 애들한테 햄버거 사 줘서 당선됐다고 흉본 것도 마음에 걸렸어요. 선거에서 졌으면 깨끗이 인정했어야 하는데 말이에요.

아름다운 사람을 찾기 위해 꿈에서까지 애썼는데 아무 소득도 없이 한 달이 다 지나가 버렸어요. 다른 아이들처럼 인터넷에서 찾아봐야겠어요. 하지만 아름다운 사람을 찾으려고 많이 노력했다는 사실만은 선생님도 알아주셨으면 해요.

참, 선생님.

저 오늘 낮에 버스 안에서 이상한 사람을 봤어요.

"해빈아, 엄마 몸살 나서 꼼짝도 못 하겠으니까 네가 아빠 밥 좀 갖다 드려."

오전에 엄마가 기운이 하나도 없는 목소리로 말했어요. 저희 할아버지가 병원에 오랫동안 입원해 계신 건 선생님도 아시죠? 평소에는 간병인이 돌보지만 주말에는 아빠와 작은아빠가 번갈아 가며 할아버지 간호를 하거든요. 토요일인 어젯밤에는 아빠가 밤샘을 했는데 저더러 점심을 갖다 드리라는 거예요. 몇 끼나 사 드실 수는 없으니까요.

저는 도시락 가방을 들고 버스를 탔어요. 산 근처가 종점이어서인지 등산객들이 많았어요. 빈자리를 찾던 저는 한 오빠와 눈이 마주쳤어요. 대학생 나이로 보이는 잘생긴 오빠였어요. 그런데 그 오빠가 글쎄 저를 보고 씩 웃는 거예요. 입술에 틴트를 발랐더니 제가 언니들처럼 보였나 봐요.

그 오빠가 서 있는 바로 앞의 자리가 비어 있었지만 거긴 노약자석이었어요. 아니라고 해도 그곳에 앉기는 부끄러웠어요. 저는 오빠를 지나쳐 뒷문 바로 앞자리에 앉았어요. 문이 열릴 때마다 찬 바람이 들어오는 게 싫었지만 그 오빠와 너무 멀리 떨어진 자리로 가기는 더 싫었거든요. 저는 콩닥콩닥 뛰는 가슴으로 오빠를 훔쳐보았어요.

다음 정류장에서 올라탄 아줌마가 오빠가 서 있는 앞자리에 앉으려고 했어요. 그런데 그 오빠가 갑자기 큰 소리로 "안 돼!" 하며 아줌마를 막았어요. 저는 깜짝 놀랐어요. 저뿐만 아니라 다른 사람들도 그랬을 거예요. 아줌마가 무시하고 앉으려고 했지만 오빠는 적극적으로 막았어요.

"별꼴 다 보겠네."

아줌마는 투덜거리며 제 뒷자리로 와서 앉았어요. 뒤에 탄 아저씨도 그 자리에 앉으려다 실패했어요.

"안 돼. 앉으면 안 돼."

버스 자리에 못 앉게 하다니요. 그제야 저는 그 오빠가 좀 이상하다는 걸 느꼈어요.

"모자라는 모양이네."

뒷자리에 앉은 아줌마가 옆 사람에게 말했어요.

"쯧쯧, 멀쩡하게 생겼는데 안됐네요."

옆자리 승객이 맞장구를 쳤어요.

"그러게. 그런데 왜 보호자 없이 혼자 나왔을까."

맞아요. 그 오빠는 여느 사람들과 달랐어요. 저는 그런 줄도 모르고 잠깐이나마 설렜던 게 창피했어요.

남들이 자기를 어떤 눈초리로 보는 줄도 모르는 그 사람은 의자 손잡이를 잡고 선 채 자리를 꽁꽁 지켰어요. 그런데 다음 정류장에서 어떤 할머니가 탔어요. 할머니는 빈자리를 찾아 뒤쪽으로 오고 계셨어요. 저는 얼른 고개를 창밖으로 돌렸어요. 아직 한참 더 가야 하는데 도시락 가방을 들고 서 있기 싫었거든요. 제가 아니더라도 누군가 자리를 양보하겠지요. 저는 눈을 감았어요. 아름다운 사람을 검색하느라 잠을 설쳐 졸렸다고요.

"할머니, 여기 앉으세여."

그 사람 목소리였어요. 저는 눈을 뜨고 그쪽을 바라보

앉어요. 지키고 있던 자리를 할머니에게 내준 그 사람은 뭐가 좋은지 싱글벙글 웃고 있었지요. 저와 눈이 마주치자 더 활짝 웃었어요. 저는 얼른 고개를 창밖으로 돌렸어요.

몇 정류장 지나서 할머니가 내린 뒤 그 자리에는 다시 아무도 앉지 못했어요. 그 사람이 또 지키고 있었기 때문이죠.

이제 그 사람은 제 관심에서 완전히 멀어졌어요. 내일까지 아름다운 사람 찾기 숙제를 마쳐야 하는데 그런 사람에게 신경 쓸 겨를이 있나요. 저는 창밖을 내다보며 숙제 생각을 했어요. 강물에 빠진 아이를 구하고 목숨을 잃은 사람, 불 끄다 죽은 소방관, 죽는 순간까지 사람들의 희생을 막으려고 애쓴 전투기 조종사……. 기사에서 찾은 사람들 이야기를 열심히 떠올리면서 말이에요.

"애기 앉아. 애기 앉아."

다시 들려온 목소리에 저도 모르게 그 사람 쪽을 쳐다보았어요. 아기를 안고 탄 아줌마에게 말한 거였어요. 아줌마가 자리에 앉자 그 사람이 저한테 보여 준 것과 같은 환한 웃음을 아기에게 보냈어요. 아기도 방긋방긋 웃었어요. 신이 나서 아기하고 까꿍 놀이를 하는 모습이 한심

해 보였어요. 아기랑 수준이 딱 맞더라니까요.

아기가 내린 뒤에도 그 사람은 자리를 지키고 있다가 노인이거나 어린이이거나 임산부거나, 아무튼 교통 약자로 보이는 사람이 타면 내주었어요. 그림을 보고 그 자리에 어떤 사람들이 앉아야 하는지 아는 건가 봐요. 그러다가 제가 병원 앞 정류장에서 내리려고 일어서자 글쎄 그 사람이 제게 "안녕!" 하며 손을 흔드는 거예요. 저는 사람

들이 우리가 아는 사이라고 생각할까 봐 못 들은 척하고 버스에서 내렸어요.

무심코 그 사람이 자기 내릴 곳은 제대로 알고 있을까, 걱정하다 얼른 신경을 껐어요. 그런데 뒤이어 반 아이들을 속으로 흉봤던 게 떠올랐어요. 얼굴이 예쁘면 아름다운 거라고 하던 아이들과 제가 어쩐지 크게 다르지 않은 것 같았거든요.

선생님, 정말 이상해요. 얼른 수행 평가 숙제를 해야 하는데 그 오빠의 환한 미소가 자꾸 생각나는 거예요. 왜 그럴까요, 선생님?

사료를 드립니다

사료를 드립니다

"이 번호는 고객님의 요청에 의해 착신 금지된……."

장우는 음성 안내가 다 끝나기 전에 전화를 끊었다. 캐나다에서 돌아와 안부라도 묻고 싶어 전화를 했지만 장군이 새 가족인 김성달 씨와는 한 달째 통화가 되지 않았다. 반려견 카페에 남아 있는 댓글을 찾아 쪽지도 보내고 메일도 보냈지만 답이 없었다.

장우는 자꾸만 불길한 생각이 들어 잠도 오지 않았다. 철망에 갇힌 장군이의 슬픈 표정이 눈앞에서 떠나질 않았다. 한국에 온 지 한 달이나 됐는데 자기를 보러 가지 않은 걸 알면 장군이는 얼마나 섭섭해할까. 언제든지 볼 수 있게 해 준다던 김성달 씨 말을 믿는 게 아니었다.

네 달 전, 장우는 누나 은비 그리고 엄마와 함께 캐나다로 유학을 떠났었다. 그 전에 혼자 남을 아빠를 위해 마당 있는 집에서 아파트로 이사를 하고, 엄마가 돌아올 때까지 장군이도 시골 친척 집에 맡기기로 했다. 엄마도 캐나다에서 3년 정도 제빵 학교에 다닐 계획이었다.

그런데 친척 집에서 키우던 개가 새끼를 여러 마리 낳는 바람에 장군이를 맡기 어렵다고 했다. 3년씩이나 친척에게 맡기는 게 마음에 걸렸던 장우는 차라리 잘됐다 싶었다.

"검색해 봤는데 아파트에서 큰 개 키워도 된대. 그러니까 장군이, 아빠랑 계속 살아도 되잖아."

아빠도 장군이가 곁에 있으면 덜 외로울 것이다. 하지만 아빠는 새로 맡은 일 때문에 출장 갈 일이 많아 외로울 새도 없을 거라고 했다.

"아무래도 아빠 혼자선 장군이 돌보기 힘들 것 같아. 방법을 더 찾아보자."

엄마가 달래듯이 말했다.

장우는 장군이가 아파트에 갇혀 똥과 털이 범벅이 된 채 혼자 밥 먹고 혼자 놀 모습을 상상하자 계속 고집을 피울 수가 없었다.

"그럼 그동안 임시 보호해 줄 집을 찾아보면 어때?"

은비가 아이디어를 냈다. '임시 보호'는 버려지거나 보호자에게 사정이 생긴 반려동물을 임시로 맡아서 키워 주는 것을 말했다. 장우는 입양, 분양이 아닌 '임시 보호'라는 말에 안심이 되었다.

"좋은 생각이네. 임시 보호하는 동안 사료랑 병원비 대 준다고 하면 맡아 주겠다는 집이 있을 거야."

엄마가 기대하는 얼굴로 말했다.

장우네는 반려견 카페에서 장군이를 임시 보호해 줄 가족을 찾기로 했다. 은비가 장군이 사진과 함께 글을 올렸다. 장우는 시베리아 벌판에서 썰매를 끌던 혈통인 장군이를 맡아 주겠다는 사람들이 줄을 설 거라고 확신했다.

↳ 키우고 싶은데 털이 장난 아니게 빠진다네요. 우리 집은 좀 아서……

↳ 11살이면 병원 갈 일도 많을 텐데…… 아무리 병원비를 대 준다고 해도…… 시베리아허스키는 키워 보고 싶다만 ㅠㅠ

↳ 운동시켜 줘야 하고 목욕시켜 줘야 하고. 손이 많이 갑니다.

↳ 똥도 엄청 싸요. ㅋㅋ.

↳ 임보라고 해도 신중하게 생각하세요. 잘 키울 수 있는 분이 데려가야 개도 행복하니까요.

↳ 3년이면 입양이나 다름없네요.

↳ 좋은 분 만나기를 빌게요!

장우는 '입양'이란 단어에 불안해졌다. 그리고 사람들 눈에 장군이가 키우기 어렵고 수명마저 다한 골칫덩어리로 보인다는 게 당황스럽고 속상했다. 장군이는 어미젖을 떼자마자 와서 10년 넘게 장우네와 살았다. 열두 살인 장우는 살아온 삶의 대부분을 장군이와 함께했다. 하지만 슬프게도 사람과 개의 시간은 다르게 흘렀다. 장우는 아직 마음대로 할 수 있는 게 많지 않은 소년인데 장군이는 기력이 달려 할 수 있는 게 많지 않은 할아버지 개가 되었다.

"틀린 말은 아니지, 뭐. 우리야 정이 들었으니까 그렇지 다시 키우라고 하면 못 할 거 같아. 애 하나 키우는 것보다 더 힘들다니까."

엄마가 고개를 절레절레 흔들며 장군이가 아니라 사람들 편을 들었다.

은비가 게시판에 글을 올린 지 사흘 만에 맡아 주겠다는 사람이 나타났다.

↳ 제가 키우고 싶습니다. 마당 있는 집에 살고 초4, 초2 아이들이 개를 좋아합니다. 임시 보호하는 동안에 보러 오셔도 됩니다.

댓글을 단 사람은 안성에 사는 김성달 씨였다. 아빠는 집과 가까운 걸 마음에 들어 했고, 엄마는 마당 있는 집인 걸 좋아했다. 장우는 보러 가도 된다는 말에 마음이 혹했다.

"보러 가도 된다는 걸 보면 잘 키울 자신이 있다는 거잖아. 믿음이 가네."

은비도 안심했다. 장우는 아이들이 있다는 것도 좋았다. 그 애들이 자신처럼 장군이를 예뻐해 줄 것이다.

근처에 볼일이 있다며 김성달 씨가 장군이를 데리러 오겠다고 했다.

보내기 전날 장우는 아빠와 함께 장군이를 목욕시켰다. 다시는 못 볼 것처럼 허전하고 슬펐다. 장우는 얼굴에

튄 물을 닦는 척하며 눈물을 훔쳤다.

"보러 가도 된다니까 아빠가 인사도 할 겸 한번 시간 내서 찾아가 볼게. 그때 영상 통화로 장군이 모습 보여 줄 테니까 너무 슬퍼하지 마. 그리고 넌 방학 때 와서 가 보면 되잖아."

장우는 자신의 마음을 알아주는 아빠를 믿었다.

그날 밤, 장우는 장군이 새 보호자에게 줄 주의 사항 목록을 작성했다. 종이 가득한 항목들 중엔 장우가 제대로

지기지 못한 것들도 많았다. 특히 '하루에 한 번씩 산책시키기'라고 쓸 때는 게임을 하거나 친구들과 노느라 그 일을 건너뛰었던 게 새삼스레 마음에 걸렸다. 장군이는 밖에 나가는 걸 아주 좋아했다. 그런데도 요즘엔 바쁘다는 핑계로 산책을 제대로 시켜 주지 않았다. 주의 사항을 적는 동안 이상하게 잘해 준 것보다는 못해 준 것만 생각났다. 장우는 자기가 장군이 진짜 보호자임을 김성달 씨네 가족이 잊지 않도록 맨 끝에 이름을 써 넣었다.

김성달 씨는 오전에 철망으로 된 상자가 실린 트럭을 끌고 왔다.

"들어가서 차라도 한잔하고 가시죠."

아빠가 권했지만 김성달 씨는 장군이를 집에 데려다 놓고 얼른 일하러 가야 한다며 사양했다. 엄마가 음료수를 밖으로 가져다주었다. 아빠와 김성달 씨는 장군이가 혹시 아프면 연락할 수 있도록 서로 전화번호를 주고받았다.

주스를 마신 뒤 아빠와 김성달 씨는 힘을 합쳐 장군이 집을 트럭 짐칸에 실었다. 장우는 엄마와 함께 목줄과 리드 줄, 밥그릇, 장난감 같은 장군이 물건을 챙겼다.

점점 더 굼떠지고 웬만한 일에는 관심도 갖지 않던 장군이는 자기 물건들이 하나씩 어디론가 사라지자 불안한 듯 서성거렸다. 장우는 입을 꾹 다문 채 장군이를 쓰다듬으면서 진정시켰다.

'장군아, 정말 미안해. 3년만 잘 지내고 있어. 그럼 다시 집으로 데려올 거야. 그때까지 건강하게 잘 지내.'

마지막으로 장군이를 태울 차례였다. 김성달 씨는 장우더러 장군이를 트럭으로 데려가라고 했다. 장우가 리드 줄을 잡자 장군이는 산책 가자는 줄 알고 앞장섰다. 트럭은 대문 앞에 있었다.

"네가 짐칸에 올라가서 불러라."

장우가 트럭에 올라타서 부르자 앞발을 치켜드는 장군이를 아빠와 아저씨, 엄마까지 힘을 합쳐 차에 올렸다. 장군이를 유인하라는 아저씨의 말에 장우는 장난감 공을 철망 상자 안으로 던져 넣었다. 장군이가 공 물어 오는 놀이를 하자는 줄 알고 들어가자 짐칸에 뛰어오른 아저씨가 재빨리 빗장을 질러 문을 닫았다. 처음으로 어딘가에 갇혀 본 장군이는 철망 상자가 들썩거릴 정도로 펄쩍펄쩍 뛰었다. 장우는 차마 그 모습을 볼 수가 없었다. 친구들과 송별회 한다며 외출한 누나가 차라리 부러웠다.

"장군아, 미안해, 미안해."

장우는 무릎을 꿇고 앉아 철망 우리를 어루만졌다. 먼저 트럭에서 내린 김성달 씨가 장우한테 내리라고 했다. 엄마의 채근에 마지못해 일어선 장우를 김성달 씨가 번쩍 안아서 내려 주었다.

"개를 아주 잘 다루시네요."

아직도 장군이를 목욕시킬 때마다 진땀을 빼는 아빠가 말했다.

"예, 제가 어려서부터 개를 많이 키워 봐서 잘 알아요."

대답하던 아저씨는 곧 울 것 같은 장우의 얼굴을 보곤 말했다.

"많이 서운하지? 우리 애들 친구 삼아서 잘 돌봐 줄 테니 중간에라도 한국에 올 일 있으면 보러 와."

장우는 김성달 씨를 믿기로 했다. 그리고 지난밤에 적어 놓은 장군이를 위한 주의 사항 목록을 건네며 간곡히 부탁했다.

"우리 장군이 진짜 진짜 예뻐해 주셔야 해요."

장군이를 실은 차가 골목을 빠져나간 뒤 세 식구는 집

으로 들어왔다. 장군이가 없는 마당은 아무도 살지 않는 집처럼 휑하게 느껴졌다.

빈집

많은 것을 버리고 간 장우의 캐나다 생활은 세 달 만에 일시 중지되었다. 치매에 걸려 요양 병원에 계시던 할머니가 암 말기 판정을 받았기 때문이다. 병원에선 할머니가 얼마 못 사시니 마음의 준비를 하라고 했다. 할아버지가 돌아가셨을 때 막내인 엄마는 다섯 살이었다. 할머니는 네 명의 딸을 먹이고 가르치기 위해 어린 엄마를 리어카에 태우고 다니며 과일 장사를 했다.

인자하고 푸근했던 할머니는 치매를 앓기 시작하면서 다른 사람으로 변했다. 가족들을 알아보지 못하는 건 물론 거칠고 사나워졌다. 장우는 사람을 보면 마구 소리 지르고 아무거나 던지고 욕하는 할머니가 점점 더 무섭고 싫어졌다. 엄마와 이모들은 할머니가 평생 고생만 하고 참으며 산 것에 한이 맺혀서 그런 거라며 슬퍼했다. 하지만 결국은 할머니를 요양 병원에 보내야 했다.

"셋째 언니가 엄마 도망갈지 모른다고 잘 지키라고 해서 화장실도 못 갔었다니까."

"엄마가 우리 버리고 딴 데로 시집갈 거라고 사람들이 수군거리는 걸 들었단 말이야. 내가 왜 공부를 못했는 줄 알아? 학교에 가서도 그 걱정하느라고 그런 거야."

할머니가 요양 병원에 입원했을 때 엄마는 이모들과 웃으며 옛날이야기를 했다. 하지만 할머니가 암 판정을 받자 엄마는 펑펑 울며 큰이모와 통화를 했다.

"언니, 나는 엄마가 영원히 안 돌아가실 줄 알았어. 치매에 걸려서 우리를 못 알아보고, 함부로 대해도, 그렇게라도 우리 곁에 계실 줄 알았어."

그 뒤로 몇 날 며칠을 고민하던 엄마는 한국행을 결심했다. 할머니의 남은 시간을 함께하지 못하면 평생 후회할 것 같다고 했다.

"엄마 돌아올 때까지 홈스테이 이모 말 잘 듣고 잘 지내고 있어. 은비는 장우 잘 돌봐 주고 장우는 누나 말 잘 듣고. 알았지?"

한국보다 좋다는 은비와 달리 장우는 캐나다가 익숙해

지지 않았다. 엄마까지 없는 캐나다에 남고 싶지 않았다.

"나도 엄마랑 같이 갔다 올래."

"무슨 소리야? 9월에 학교 들어가려면 영어 공부 열심히 해야 돼."

"영어는 한국에 가서 해도 되잖아. 나도 할머니 보고 싶단 말이야."

장우는 할머니를 핑계 삼아 고집을 부렸다.

"엄마, 장우 두고 가면 나 스트레스받으니까 데리고 가."

은비 말에 엄마는 어쩔 수 없이 장우의 비행기 표도 예약을 했다.

한국으로 돌아온 장우는 새 학교로 전학을 갔다. 이미 개학을 해 한 달도 더 지난 상태였다. 장우는 다시 헤어져야 할 아이들과 친해지고 싶지 않았다. 캐나다에 가기 전 며칠 살았을 뿐인 아파트도 남의 집처럼 어색했다. 빈집에 들어서면 장군이 생각이 더욱 간절해졌다.

장우는 한국에 도착한 날부터 장군이에게 데려다 달라고 졸랐지만 엄마는 할머니 때문에 겨를이 없었다. 아빠는 회사와 병원을 오가느라 엄마보다 더 바빴다. 엄마 아빠는 장우가 조를 때마다 다음으로 미루었다.

장군이가 병이 나서 죽는 꿈을 꾼 날 장우는 엄마에게 사정했다.

"엄마, 아무래도 장군이한테 무슨 일 생긴 거 같아. 엄마, 제발 나 좀 장군이한테 데려다줘, 응?"

엄마는 장우를 한동안 물끄러미 바라보더니 한숨을 쉬었다.

"아무리 철이 없어도 그렇지, 할머니는 언제 돌아가실지 모르는데 너는 어쩌면 손자가 돼 갖고 개 타령만 하고 있니?"

장군이가 잘못됐을지도 모르는데 '개 타령'이라니. 엄마가 화를 냈다면 장우도 같이 화를 내며 대들었을 것이다. 하지만 엄마는 마음뿐만 아니라 온몸까지 슬픔에 빠져 있는 것처럼 보였다.

장우는 죄책감을 느꼈다. 치매에 걸리기 전에 할머니는 막내딸이 안쓰럽던 마음까지 보태 다른 손주들보다 장우를 더 사랑해 주었다. 그랬던 할머니가 지금 오락가락하는 정신과 암 덩어리에 정복당한 채 중환자실에 누워 있다. 이모들은 할머니가 길게 고생하는 것보다 차라리 돌아가시는 게 낫겠다고 했다.

장우는 할머니와 이별을 앞둔 엄마의 심정이 어떨지 알 것 같았다. 자기는 잠시 떨어지는 것도 힘들어서 한국으로 따라왔는데 엄마는 이제 할머니와 영영 헤어지게 된 것이다. 장우는 엄마에게 더는 보챌 수가 없었다. 대신 모든 원망과 서운함이 아빠에게로 쏟아졌다. 캐나다에서 아빠와 통화할 때마다 장우는 장군이 안부를 물었고 그때마다 아빠는 주말에 꼭 가 보겠노라고 대답했었다.

"거짓말쟁이. 한 번도 안 가 보는 게 어딨어? 장군이가 얼마나 서운하겠어? 얼른 데려다줘."

장우는 아빠를 졸랐다.

"아빠 좀 봐줘라. 할머니 편찮으시기 전에도 출장 다니느라 바빴던 거 너도 알잖아."

"그럼 할머니한테 갔다가 장군이한테 가."

"장우야, 근데 아빠가 생각해 보니까, 와도 된다고는 했지만 진짜 가면 불편해할 것 같아. 장군이도 지금쯤이면 그 집 식구들한테 적응했을지 모르는데 우리가 자꾸 가면 혼란스러울 거야. 아주 데려올 때까지는 장군이를 위해서도 안 가는 게 좋을 것 같아."

"자꾸가 아니라 한 번도 안 갔잖아. 어떻게 장군이한테 그럴 수가 있어?"

"그래도 사료 꼬박꼬박 보내 주잖아. 정기 배송 예약해 놔도 되는데, 장군이 생각하는 마음으로 때마다 직접 보낸다고. 잊어버릴까 봐 알람까지 맞춰 놓고 말이야."

아빠는 그것으로 충분하다는 표정이었다. 사람 마음은 쉽게 변한다는 걸 알았어야 했다. 캐나다에서 보낸 세 달은 긴 시간이었지만 장군이를 생각하는 마음이 변하기에는 너무나 짧은 시간이다. 장우는 이러다 김성달 씨네가 입양하겠다고 하면 엄마 아빠가 잘됐다며 줘 버릴 것 같았다.

결국 장우는 혼자 장군이를 찾아가기로 했다. 그런 용기가 생긴 건 캐나다에 다녀온 덕분이었다. 엄마와 함께 이긴 했지만 남의 나라에서도 살다 왔는데 같은 경기도에 있는 곳을 못 찾아갈까 싶었다. 더구나 장우는 캐나다에서 길눈이 어두운 엄마와 누나 대신 지도를 보고 길을 찾은 적도 많았다.

장우는 아빠 책상에서 김성달 씨네 주소를 찾아냈다. 안성시 양성면으로 시작하는 주소는 캐나다만큼이나 낯설었다. 지도를 보니 다행히 버스를 한 번만 갈아타면 갈 수 있었다. 길을 알고 나자 혹시 이사를 갔으면 어쩌나, 하는 걱정이 밀려왔다. 하지만 아빠가 보내는 사료가 아무런 문제 없이 배달되고 있으니 직접 확인하기 전까지는 나쁜 생각을 하지 않기로 했다.

　토요일, 장우는 장군이에게 가기 위해 전날 미리 싸 놓은 가방을 둘러멨다. 가방 안에는 캐나다 마트에서 산 개껌과 두뇌 개발 공, 관절 영양제 등이 들어 있었다. 엄마가 한국에도 다 판다고 했지만 장군이를 생각하며 용돈을 털어서 사 모았다. 장우가 한순간도 자신을 잊은 적이 없음을 알면 장군이의 서운함도 조금은 풀릴 것이다.

　장우는 집을 나섰다. 아빠와 엄마는 각기 회사와 병원으로 갔기에 장우의 출발을 방해하는 사람은 없었다. 엄마가 영어 공부를 해 놓으라고 했지만 아마 검사할 정신도 없을 것이다. 엄마의 슬픔을 이용하는 것 같아 찔리면서도 장군이를 보고 싶은 마음이 더 컸다.

　무사히 버스를 탄 장우 마음속에선, 곧 장군이를 만날 수 있다는 설렘과 처음 가는 길에 대한 긴장감이 시소를 타고 있었다. 용인 시내를 벗어나자 창밖 풍경은 아파트 단지, 공장, 학교, 우체국, 마트 같은 건물들과 논밭이 뒤섞여 펼쳐졌다. 장우는 자신이 내릴 정류장 이름을 되뇌며 방송이 나오기를 기다렸다. 드디어 다음 정류장이라는 안내 방송이 나왔다.

버스에서 내린 사람은 한 아줌마와 장우뿐이었다. 장우가 주춤거리며 서 있자 아줌마가 어디 가느냐고 물었다. 장우는 외워 둔 김성달 씨네 주소를 댔다. 아줌마는 고개를 갸웃거리다가 마을과 떨어져 있는 외딴집을 가리켰다. 밭으로 둘러싸인 집이었다.

"번지수가 저 집 같은데……."

장우에게 알려 주고 돌아서며 아줌마는 혼잣말을 했다.

"빈집이었는데. 누가 이사 왔나?"

장우의 심장이 툭, 하고 떨어졌다. 잠시 서 있던 장우는 심호흡을 하고는 외딴집으로 향했다. 장군이를 얼른 보고 싶은 마음과 빈집일까 봐 두려워 되돌아가고 싶은 마음이 계속 엇갈렸다.

밭 사이로 난 길을 지나 다다른 기와집은 금방이라도 주저앉을 것처럼 허름해 보였다. 겉모양만으로는 사람이 살지 않는 빈집 같았다. 낡은 대문 옆에 달려 있는 초인종을 눌렀지만 고장 났는지 소리가 나지 않았다. 칠이 벗겨진 대문을 두드려 봐도 아무 기척이 없었다. 조심스레 대문을 밀자 삐거덕거리는 소리를 내며 열렸다. 장우는 쿵쿵 뛰는 가슴을 간신히 누르며 고개를 들이밀었다. 마당에 낯익은 장군이 집과 밥그릇이 보였다. 제대로 찾았다는 기쁨에 환호성이 터져 나오려는 걸 비어 있는 개집이 막았다. 장우는 집 안으로 들어섰다.

장군이 빈집 앞에 선 장우는 집 안을 찬찬히 둘러보았다. 이렇게 허름한 집에 사람이 살고 있다는 게 믿어지지 않았다. 깨진 유리를 청 테이프로 덕지덕지 붙인 미닫이문 아래에 신발 두어 켤레가 나뒹굴고 있었다. 신발과 빨랫줄에 널린 옷이 아니었으면 장군이 물건이 있다고 해도 빈집이라고 생각했을 것이다.

"장군아! 장군아!"

혹시나 하고 불러 보았지만 장군이는 물론 사람 기척도 나지 않았다. 토요일이니 장군이를 데리고 산책을 나간 걸까? 장군이 물건들을 찬찬히 살펴보던 장우의 눈길이 밥그릇에서 멈추었다. 밥그릇에 붙어 있는 밥풀 때문이었다. 장우네 집에서는 장군이에게 사람이 먹다 남긴

음식을 준 적이 한 번도 없었다. 사람 음식을 먹으면 건강에 안 좋기 때문이다. 개집 주변을 살폈지만 사료는 눈에 띄지 않았다. 털이나 똥 같은 흔적도 없었다.

장우는 불길한 생각에 휩싸였다. 혹시 꿈에서처럼 장군이한테 나쁜 일이 생긴 건 아닐까.

장우는 간신히 버티고 서서 아빠에게 전화를 했다. 두 번째 걸었을 때 전화를 받은 아빠는 장우가 말할 새도 없이 가라앉은 목소리로 말했다.

"장우야, 할머니 지금 막 돌아가셨다. 아빠가 데리러 갈 테니까 준비하고 있어."

장우는 집이 아니란 소리도 하지 못한 채 울음을 터뜨렸다. 터져 나온 울음이 할머니 때문인지 장군이 때문인지 알 수 없었다.

일기장 속 장군이

오래간만에 친척들을 만난 할머니의 장례식은 잔치 같은 느낌이었다. 장우가 그동안 가 봤던 결혼식이나 생일 같은 잔치와 다른 점은 주인공이 자리에 없다는 것과 간간이 구슬픈 울음이 끼어든다는 것이었다.

엄마와 이모들은 울다가 농담도 하고 웃기도 했다. 특히 큰이모는 어떻게 그렇게 울음과 웃음을 마음대로 조절할 수 있는지 신기하기까지 했다. 장우 역시 사촌 형, 누나 들과 장난치며 놀다가 엄마가 울면 따라서 눈물이 나왔다. 그때마다 할머니보다 할머니처럼 나이 든 장군이 생각이 더 많이 났다. 그날 끝내 장군이를 보지 못하고 왔기에 더 그랬다.

삼우제까지 마치고 집에 돌아온 엄마는 거실 바닥에 주저앉아 울음을 터뜨렸다. 장례식장에서보다 더 슬피 울었다. 한참을 울고 난 엄마는 온몸이 눈물이었던 것처럼 빈 껍데기만 남은 모습으로 앓아누웠다. 바로 캐나다행 짐을 쌀 줄 알았던 장우는 엄마에게는 미안하지만 다행이라는 생각이 들었다.

그런데 누나가 겨우 참았다는 듯이 엄마더러 빨리 오라고 성화를 부렸다. 장우는 조바심이 났다. 자칫하면 장군이도 못 보고 캐나다로 가게 될 것 같았다.

장우는 그제야 아빠에게 김성달 씨네 집에 다녀온 이

야기를 했다.

"그러니까 이번 달 사료는 그 집에 가서 확인해 본 다음에 보내 줘."

아빠는 장우 혼자 장군이에게 다녀왔다는 말에 많이 놀랐다.

"아빠가 데려다줘야 했는데 미안해. 그런데 아직 확실한 건 모르니까 사료는 일단 제 날짜에 보내 주는 게 좋겠다. 그리고 주말에 꼭 가 보자."

아빠가 이번에는 약속을 지켰다.

"여길 혼자 찾아왔단 말이야?"

내비게이션 안내에 따라 운전을 하며 아빠는 미안한 얼굴을 했다.

"중간에 버스 한 번만 갈아타면 돼. 아빠, 장군이한테 무슨 일 생겼으면 어떡해?"

아빠와 함께인데도 지난번보다 더 두렵고 불안했다.

여전히 비어 있는 집은 그사이 더 지저분해진 것 같았다. 오늘도 뒹구는 신발과 빨랫줄에 널린 옷가지만이 빈집이 아님을 알려 주고 있었다. 빨아 넌 지 얼마 안 되는 듯 옷에서는 물이 떨어지고 있었다. 장우가 장군이 집 주변을 가리키며 말했다.

"이것 좀 봐. 집은 이렇게 더러운데 장군이 똥도 없고 털도 없어. 사료 봉지도 없고."

주의 깊게 집 안을 둘러보던 아빠가 마루 쪽으로 다가가 미닫이문을 열었다. 마루 위엔 책, 공책 같은 학용품과 옷, 그릇 등 각기 다른 공간에서 사용하는 물건들이 뒤섞여 나뒹굴고 있었다. 마치 장군이가 한바탕 휘저어 놓은 것 같은 풍경이었다. 아빠가 얼굴을 찌푸렸다.

"아빠, 장군이한테 무슨 일 생긴 거면 어떻게 해?"

아빠는 아무런 대꾸도 하지 않았다.

그때 웬 할머니가 대문을 열고 들어섰다. 아빠와 장우는 동시에 김성달 씨 어머니일지도 모른다고 생각하며 할머니를 바라보았다.

"누구요? 혹시 이 집 친척이시우?"

할머니는 되레 장우네에게 물었다.

"아닌데요. 저흰 이 집에 사는 김성달 씨 만나러 온 사람입니다. 혹시 지금 어디 있는지 아세요?"

아빠가 물었다.

"피해자 가족인가 보네."

할머니는 알 수 없는 말을 하며 개집 쪽으로 가더니 들고 있던 비닐봉지를 그릇에 거꾸로 쏟아부었다. 생선 대가리에서 비린내가 확 풍겼다. 장우는 그게 자기 위에 쏟아지기라도 한 듯 화들짝 놀랐다.

"할머니, 그거 개 주시는 거예요?"

장우가 커다래진 눈으로 물었다.

"그래. 이 집 개 주려고 일부러 가져왔다."

할머니는 장우의 말에 대답한 뒤 아빠를 보며 말했다.

"사고당한 건 억울하겠지만 이 집 형편 봐서 웬만하면 좋게 합의 좀 해 주시우."

할머니는 사람을 착각한 듯 또 이상한 이야기를 했다.

"할머니, 그 개, 어떻게 생겼어요?"

장우가 다그치듯 물었다.

"똥개같이는 안 생겼던데. 털이 시커멓고 허연 게 꼭 늑대처럼 생겼어."

장군이었다! 나쁜 상상을 했지만 다행히 장군이는 이 집에 있었다. 장우가 할머니에게 화난 기색으로 말했다.

"할머니, 우리 장군이한테 그런 거 먹이면 안 돼요. 사료만 먹여야 한다고요."

할머니는 잠시 장우와 아빠를 번갈아 보다가 이제야 알겠다는 듯이 고개를 끄덕였다.

"옳아, 개 주인이 따로 있다고 하더니 진짜 주인인가 보네. 개 보러 온댔다고 애들이 그러더니 참말 왔구먼. 걱정 마라. 예전에는 다 이런 거 먹여서 키웠다."

"장군이는 우리가 꼬박꼬박 사료를 보내 주고 있단 말이에요."

장우가 소리쳤다.

"그 사료, 내가 돈하고 바꿔 쓰게 해 줬어."

할머니는 옷자락 터는 시늉을 하며 말했다.

"그게 무슨 말씀이세요? 할머니, 김성달 씨 지금 어딨는지 아세요?"

아빠가 나섰다.

할머니는 아빠와 장우를 바라보며 잠시 망설이다 입을 열었다.

"차 사고를 냈는데 합의금이 없어서 감옥에 갔다우. 벌써 두 달째야. 애들만 있으니 집 꼴이 말이 아니야."

"애들만 있다니요? 김성달 씨 부인은요?"

아빠가 물었다.

"부인이 어딨어? 홀아비인걸. 외딴집에 애들만 두고 일 나가는 게 걱정돼서 개를 데려온 거라더구먼."

"그럼 애들끼리만 지낸다는 겁니까? 다른 친척이라도 있을 거 아닙니까?"

아빠가 놀란 얼굴을 했다. 장우도 어떻게 두 달씩이나 아이들끼리만 있을 수 있는지 이해되지 않았다.

"이사 온 지 얼마 안 된 집이라 깊은 속사정은 나도 잘 몰라. 애들 말로는 고모가 드나들면서 돌봐 준다는데 나는 한 번도 본 적이 없어. 난 가 봐야 하니 기다렸다 보고 가시우."

할머니가 대문 밖으로 사라지고 난 뒤 장우는 마루 끝에 털썩 앉았다. 애들만 있다니. 캐나다에도 아이들끼리만 와 있는 경우가 많이 있었지만 그 애들에게는 밥을 해 주고 보호해 주는 어른들이 있었다. 둘째 이모가 아팠을 때도 이모들과 엄마가 돌아가며 사촌 누나들을 돌봐 주었다. 그런데 아이들끼리만 생활을 하다니. 장우는 보고도 믿기지 않았다.

장우는 장군이를 도로 데려가기로 마음먹었다. 보호받기는커녕 먹이까지 빼앗아 가는 곳에 계속 둘 수는 없었다.

장우는 아빠를 바라보았다. 아빠는 생각에 잠긴 얼굴로 마당을 서성거렸다.

'아빠도 내 마음하고 같을 거야.'

장우가 입을 열려는 순간 아빠가 먼저 말했다.

"장우야, 그만 가자."

"뭐? 장군이 오면 데리고 가야지."

장우가 깜짝 놀라 아빠를 쳐다보았다.

"회사에 급하게 처리할 일이 있는데 깜빡했어."

장우는 장군이 상황을 모르는 척하는 아빠를 이해할 수 없었다.

"아빠, 장군이 데려가자. 아빠가 못 키우겠으면 내가 다른 임시 보호자 다시 알아볼게, 응?"

장우가 애원하듯이 말했다.

"그건 쉬운 줄 알아? 그리고 애들만 있는데 어떻게 장군이를 도로 데려가?"

아빠는 대문 쪽을 힐끗거리며 초조한 기색으로 말했다.

"그럼 어른이 없는데 어떡해? 장군이 데려가고 애들한테는 사료 대신 돈으로 보내 주면 되잖아."

그게 아이들한테도 더 나을지 몰랐다. 장군이 돌보기

는 아이들에게 벅찬 일이었다. 장우네 집에서도 장군이를 실제로 돌본 사람은 엄마와 아빠였다.

"괜히 더 골치 아픈 일 만들 거 없어. 애들은 학교나 이 동네 사람들이 돌봐 줄 테니까 우리는 그냥 하던 대로 사료만 보내 주면 돼."

아빠는 장우의 시선을 피했다.

"사료를 장군이한테 안 주니까 그렇지. 아빠, 장군이 데려가고 애들한테는 돈으로 주자."

장우는 같은 말을 반복하며 졸랐다.

"언제까지 그렇게 해? 아빠는 더는 신경 쓸 여력이 없어. 끝까지 책임 못 질 거면 시작하지 않는 게 좋아. 애들 오기 전에 얼른 일어나."

아빠가 찾아온 걸 후회하는 듯한 표정을 지으며 재촉했다.

아빠 말이 맞았다. 개를 키우기 시작했으면 끝까지 책임졌어야 했다. 사정이 안 된다고 할아버지가 된 장군이를 남의 집에 맡기는 게 아니었다. 장우는 할머니가 돌아가신 뒤 마음 아파하는 엄마처럼 되고 싶지 않았다. 장우는 이제라도 장군이를 끝까지 책임지고 싶었다.

"싫어. 장군이 도로 데려갈 거야."

장우는 엉덩이를 마루 안쪽으로 더 밀어 넣었다. 하지만 아빠는 단호한 표정을 지었다.

"아빠 먼저 차에 가 있을 테니까 빨리 나와."

아빠가 밖으로 나간 뒤 혼자 남겨진 장우는 이러지도 저러지도 못하는 마음이 되었다. 그때 옷가지와 책들 틈에 놓여 있는 일기장이 눈에 들어왔다. 장우는 잠시 망설이다 일기장을 집어 들었다. 그 안에 장우의 결심을 굳혀 줄 강력한 무언가가 담겨 있을 것만 같았다. 아니, 그러기를 바랐다.

표지에 '2학년 2반 김시내'라고 쓰여 있었다. 남의 일기장을 보려니 양심에 찔렸다.

'꼬맹이 일기 따위, 관심 없어. 혹시 장군이 이야기 있을지도 몰라서 보려는 거야.'

장우는 자신에게 변명하며 일기장을 넘겼다. 시내라는 애는 집 안 꼴처럼 글씨도 맞춤법도 엉망이었다. 선생님이 검사한 흔적이 없는 걸 보면 혼자 쓰는 일기인 모양이었다.

4월 8일

장군이가 쥐를 잡앗다. 오빠가 삽에 퍼서
쥐를 가따 버렸다. 장군아, 무서운 쥐를
잡아 조서 고마워. 그리고 밤
에도 도둑놈을 지켜 조서
고마워.♡♡♡♡

4월 15일

장우 오빠 아빠가 장군이 사료를 보네 줫다. 오빠랑 양지 슈퍼
에 가서 돈이랑 바껏다. 쩌번에는 할머니랑 같이 가서 괜찮낫는
데 오늘은 우리끼리만 가서 떨렸다. 돈으로 라면이랑 햄이랑 참치
통조림도 샀다. 내가 새콤달콤이 먹고 십
다고 해서 오빠가 사 줫다. 쩌번에는
한꺼번에 다 먹었는데 이번에는 오
래오래 아껴 먹어야지. 오빠가 장
군이한테 미안낭다고 소세지를
사 줫다. 장군아, 아빠 오면
사료 다 너 줄게.

4월 19일

오빠랑 장군이 산책시키러 갓는데 어떤 오빠들이 우리를 때릴라고 했다. 장군이가 으르렁으르렁했다. 나쁜 오빠들이 쫄아서 도망첫다. ㅎㅎ. 우리 장군이 착한데. 장군이가 우리를 지켜 조서 조았다.

4월 23일

장군이 목욕을 시켯다. 장우 오빠가 써 준 종이에 목욕을 2주일에 한 번씩 시키라고 했는데 추워서 못 시켯다. 그래도 빗질이랑 밥그릇 청소는 맨날 맨날 해 줬다. 장군이가 털을 막막막 털어서 오빠랑 나한테 다 티었다. 오빠가 장군이를 한 대 때렸다. 나는 장군아,

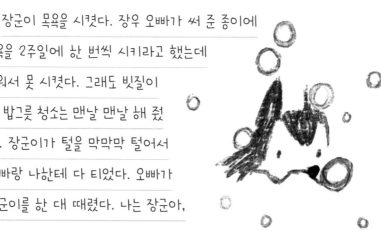

장난이야. 오빠가 너 좋아하는 거 알지, 하고 꼭 안아 주었다.

4월 30일

고모는 또 아기가 아파서 못 왔다. 그런데 오빠가 선생님이 물으면 고모가 집에 자주 온다고 하라고 했다. 나랑 오빠랑 장군이랑 셋이만 사는 거 절때로 아무한테도 말하지 말라고 했다. 그럼 오빠랑 장군이랑 같이 못 살지 모른다고 했다. 그러기 싫타.

5월 4일

급식이 맛있었다. 미트볼이 제일 맛있다. 맨날 맨날 아침부터 저녁까지 급식 먹으면 조켓다. 그럼 장군이한테 맛있는 사료 줄 수 있는데……. 아빠가 빨리 왔으면 조켓다.

장우는 일기장을 덮었다. 장군이가 살고 있는 모습이 마음 구석구석에 뜨겁고 아픈 자국을 냈다. 무엇보다 장군이와 함께하는 아이가 자신이 아니라는 사실이 견디기 힘들었다. 장군이는 이미 다른 아이들에게 떼어 내기 힘들 만큼 소중한 존재가 되어 있었다. 그 사실에 마음이 더욱 아렸다.

장우네한테는 지난 네 달이 짧은 시간일 수 있지만 장군이에게는 아주 길었을 것이다. 남은 기간은 더 긴 시간이겠지. 일기장 속 장군이는 장우네 집에서 좋은 사료와 영양제를 먹고 식구들의 보살핌을 받으며 살 때보다 고생은 하고 있지만 불쌍하거나 외로워 보이지 않았다.

장우는 자신과 가족이 그동안 장군이를 돌봐 줘야 할 대상으로만 대해 왔음을 깨달았다. 귀찮을 때도 많지만 말 못 하는 동물이니까 보살펴 줘야 한다고 생각했다. 그 때문에 장군이에게 주려고만 했지 나누려고 한 적은 없었다. 장우는 장군이와 두 아이가 서로 나누고, 지켜 주고, 돌봐 주며 함께 살아가는 가족이 됐음을, 아프지만 인정하지 않을 수 없었다.

장우는 미닫이문에 몸을 기댄 채 집 안을 둘러보았다. 빨랫줄에 널린 시내의 낡은 스웨터와 그 애 오빠의 청바지에서는 물이 떨어지지 않았다. 바닥의 젖은 자국도 희미해졌다. 하지만 옷이 마른 건 아니었다. 아이들의 아빠가 돌아올 때까지 그 옷들은 젖은 채로 있을 것만 같았다.

장우는 벌떡 일어섰다. 아빠도 없는데 시내의 일기장에서 장군이를 빼내 가는 짓은 차마 할 수 없었다. 장군이는 부모 없는 아이들 곁을 지키는 듬직한 가족이었다. 그 앞에서 장군이 보호자 행세를 할 수는 없었다.

장우가 집 밖으로 나가자 아빠는 차의 시동을 걸었다. 말없이 아빠 옆자리 문을 연 장우는 잠시 멈칫했다. 다시 가져온 장군이의 개 껌과 두뇌 개발 공 그리고 관절 영양제가 생각나서였다. 하지만 그것들은 생선 대가리를 먹는 장군이에게 어울리지 않는 물건 같았다. 그걸 장군이한테 주는 일은 자신이 누군지 알아보지 못하는 할머니를 방문하는 것처럼 소용없는 짓 같아 보였다. 그리고 아이들이 그것마저 팔아 버릴지 몰랐다.

장우가 차에 오르자 아빠는 누군가에게 변명하는 듯한 얼굴로 말했다.

"그래, 그냥 가는 게 나아. 애들도 우리 보면 불편할 거야."

입을 꾹 다물고 있던 장우는 차가 움직이는 순간 소리쳤다.

"아빠, 잠깐만."

차에서 내린 장우는 장군이 선물을 들고 집으로 뛰어 들어갔다. 비록 편찮으셨을 때는 알아보지 못했더라도 무덤 속 할머니는 장우를 기억하실 것이다.

장우는 장군이 선물을 일기장 옆에 놓았다. 장우의 선물에 좋아하는 장군이 모습이 담길 곳이었다. 돌아서던 장우는 마루에 굴러다니는 가정 통신문 뒷면에 '장군이 껌, 영양제, 장난감 공'이라고 쓴 다음 선물 위에 올려놓았다. 그 정도면 물건 포장지에 영어로만 쓰여 있어도 알아볼 것이다. 만일 아이들이 사료처럼 팔아 버린다고 해도 어쩔 수 없는 일이다.

"장군아, 다시 만날 때까지 잘 지내고 있어."

장우는 일기장 속 장군이에게 말했다.

장우가 다시 차에 탄 뒤 말없이 운전만 하던 아빠가 입을 열었다.

"아빠가 돌아가서 애들을 도울 방법이 있는지 찾아볼게. 장군이도 어떻게 해야 좋을지 생각해 보자."

장우는 고개를 끄덕였다. 아빠 말을 믿고 싶었다.

집 앞을 벗어나 밭 사잇길로 접어들었을 때 갑자기 장우가 몸을 곧추세우며 외쳤다.

"장군이야!"

장군이가 아이들과 함께 걸어오고 있었다. 한눈에도 장우네 집에 있을 때보다 여위고 털이 거칠어진 게 느껴졌다. 하지만 어딘지 모르게 썰매를 끌며 시베리아 벌판을 달리던 자기 조상들처럼 늠름해 보였다. 아이들을 지키는 든든한 호위 무사 같기도 했다.

점점 가까워지던 장군이는 이내 장우네 차 곁을 스쳐 지나갔다. 차가 바뀌어서인지 장군이는 장우와 아빠가 타고 있음을 알지 못했다.

기운 햇살에 금빛으로 물든 장군이와 아이들 모습이 멀어져 갔다. 아이들의 웃음소리만이 귓가에 남았다. 장우는 울지 않으려고 입술을 꼭 깨물었다.

이야기가 된 씨앗들

나는 일상에서 '이야기 씨앗 찾기'를 무척 즐긴답니다. 글감을 발견했을 때 가장 먼저 하는 일은 그 씨앗을 마음 속 이야기 밭에 잘 심어 두는 거예요. 이 책에 실린 다섯 편의 이야기가 어떤 씨앗에서 자랐는지 이제부터 들려 드릴게요.

「건조주의보」

안구 건조증에 걸린 적이 있어요. 눈이 뻑뻑하고 아파서 인공 눈물을 넣어야 했지요. 그 무렵 신문에서 몸의 건조증에 관한 기사를 읽게 되었어요. 눈, 코, 입, 피부 등등 온갖 건조증에 대한 내용을 읽는데 문득 '마음 건조증'이란 단어가 생각났어요. 뒤이어 가족의 관심과 사랑을 받고 싶어 애쓰는 한 아이가 만들어졌지요. 가족의 일원이 되고자 마음 건조중이라도 걸리고 싶어 하는 아이의 마음을 그릴 때 찔끔, 눈물이 솟았어요.

「닮은꼴 모녀」

아파트 엘리베이터 대신 계단을 이용해서 집으로 가던 중이었어요. 한 아이가 책가방을 옆에 내려놓은 채 계단에서 학습지를 풀고 있었어요. 선생님이 벌써 와 계신데 숙제를 안 한 게 미안해서 급하게 하는 중이라고 하더군요. '혼날까 봐'가 아니라 '미안해서'라는 말이 귀에 꽂혔어요. 동시에 과외 교사를 하는 친구가 떠올랐어요. 아들이 공부를 너무 못하는 게 창피해서 자기 학생들에게 아들 이야기를 절대로 하지 않는다는 친구였어요. 두 사람이 내 마음속 이야기 밭에서 엄마와 딸로 만났어요.

「요술 주머니」

쌀이나 돈이 계속해서 쏟아져 나오는 요술 항아리나 주머니에 대한 옛이야기를 읽은 적이 있을 거예요. 자신에게도 그런 마법 같은 일이 일어나길 꿈꾼 적은 없었나요? 나는 어렸을 때 너무 갖고 싶은 게 있거나, 부모님이 돈 때문에 걱정하시면 내게도 요술 주머니가 있으면 좋겠다고 생각했어요. 그리고 그런 마법은 착한 사람에게만 일어나니까 착하게 살아야지, 하고 마음먹곤 했어요. 어린 시절의 내 마음을 담은 동화지만 지금 여러분의 마음과도 크게 다르지 않을 거예요.

「이상한 숙제」

버스에서 본 광경이에요. 한 청년이 노약자석 하나를 가로막고 서서 사람들을 앉지 못하게 했어요. 승객들은 그 청년을 모자라거나 남들과 다르다고 생각했어요. 누

가 뭐라고 하건 자리를 꿋꿋하게 지키던 청년은 아기를
안은 사람이 타니까 얼른 앉게 해 주었어요. 그다음엔 할
머니에게 자리를 내주었고요. 이상하게 자꾸 내 마음속
을 맴돌던 청년은 자기 이야기를 동화로 쓰고서야 떠나
갔습니다.

「사료를 드립니다」

친구한테 들은 이야기에서 영감을 받았어요. 어떤 사
람이 반려견 카페 게시판에 무료 분양 글을 올렸대요. 그
러곤 입양하는 사람에게는 사료를 대 줄 테니 개를 계속
볼 수 있게 해 달라고 했다는군요. 그 순간 마음속 이야
기 밭에 떨어진 씨앗이 초고속 촬영 장면처럼 싹을 틔워
쑥쑥 자라는 걸 느꼈어요. 인간과 동물이 어떻게 공존해
야 하는지 깊이 고민했던 동화예요.

이 책은 2012년에 출간된 『사료를 드립니다』의 개정판입니다. 예전에 썼던 작품들인 만큼 변화하고 발전한 사회적 감수성에 뒤처지는 부분들이 있었어요. 새롭게 읽을 독자들을 생각하며 한 문장, 한 문장 공들여 고치고 다듬었어요. 책 제목을 『건조주의보』로 바꾼 이유는 이 제목이, 책에 실린 동화 전체를 보다 잘 아우르고 있음을 깨달았기 때문입니다.

개정 작업을 하느라 꼼꼼하게 다시 읽는데 등장인물 한 명, 한 명이 어찌나 소중하고 사랑스럽던지요. 여러분도 이야기 속 아이들처럼 소중하고 사랑스러운 존재임을 잊지 마세요!

2025년 봄을 기다리며,
이금이

●l금●l 고학년동화

건조주의보

ⓒ 이금이 2012, 2025, 양양 2025

초판 1쇄 펴낸날 2012년 1월 30일
개정판 1쇄 펴낸날 2025년 2월 15일

지은이 이금이
그린이 양양
펴낸이 이어진
편 집 송지연
디자인 김선미

펴낸곳 밤티
등 록 2020년 5월 18일 제2020-000081호
주 소 04590 서울시 중구 다산로 156 부흥빌딩 2층 136호
전 화 02-2235-7893
팩 스 02-6902-0638
이메일 bamtee@bamtee.co.kr

ISBN 979-11-91826-43-2 74810
      979-11-971205-2-7 74810(세트)

• 이 책은 출판사 푸른책들에서 2012년에 출간한 『사료를 드립니다』의 개정판입니다.
• 이 책 내용의 일부 또는 전부를 재사용하려면 반드시 저작권자와 밤티 양측의
  서면 동의를 받아야 합니다.
• 잘못 만들어진 책은 구입한 곳에서 바꾸어 드립니다. 책값은 뒤표지에 표시돼 있습니다.
• KC마크는 이 제품이 공통안전기준에 적합함을 뜻합니다.